江海作家书系

洒满阳光的村庄

孙同林 著

中国市场出版社
China Market Press
·北京·

图书在版编目（CIP）数据

洒满阳光的村庄 / 孙同林著. --北京：中国市场出版社有限公司，2023.5
ISBN 978-7-5092-2420-5

Ⅰ.①洒… Ⅱ.①孙… Ⅲ.①散文集–中国–当代 Ⅳ.①I267

中国国家版本馆CIP数据核字(2023)第071565号

洒满阳光的村庄
SAMAN YANGGUANG DE CUNZHUANG

著　　者：	孙同林
出版发行：	中国市场出版社
社　　址：	北京市西城区月坛北小街2号院3号楼（100837）
电　　话：	(010) 68024335/68021338/68022950
经　　销：	新华书店
印　　刷：	四川科德彩色数码科技有限公司
规　　格：	145mm×210mm　　32开本
印　　张：	7.5　　　　　　　字　数：175千字
版　　次：	2023年5月第1版　　印　次：2023年5月第1次印刷
书　　号：	ISBN 978-7-5092-2420-5
定　　价：	58.00元

版权所有　侵权必究　　印装差错　负责调换

目录
CONTENTS
洒满阳光的村庄

第一辑　洒满阳光的村庄

紫气东来	/ 002
洒满阳光的村庄	/ 006
风味稻田	/ 010
最美家乡水	/ 013
孙庄的葵花开了	/ 016
挑荠菜的老太太	/ 020
四月蚕豆花开	/ 024
小暑的美好时光	/ 027
葵花园新风景	/ 030
孙庄有条银杏路	/ 035

秋天到乡下来看鸟 / 038

小镇女人叫钩娘 / 040

新居白鹭飞 / 048

第二辑　尘埃里的烟火

马塘纤道 / 052

那时河工 / 057

豆腐望子 / 064

放细鸭儿 / 068

车水谣 / 072

绿色童年 / 078

时光里的村庄 / 083

寻找母亲煮粥的声音 / 087

水埠口上 / 090

腊　味 / 098

路的故事 / 102

过年茶食 / 105

晚年的父亲爱吹牛 / 108

海　味　　　　　　　　　　　　　／ 111

第三辑　田园物语

女儿绿　　　　　　　　　　　　／ 118
天水茶　　　　　　　　　　　　／ 121
春三鲜　　　　　　　　　　　　／ 126
灌香肠　　　　　　　　　　　　／ 132
油馓子　　　　　　　　　　　　／ 135
豆腐皮儿　　　　　　　　　　　／ 139
野菜自远古走来　　　　　　　　／ 142
秋　味　　　　　　　　　　　　／ 145
蘘　荷　　　　　　　　　　　　／ 157
那些树　　　　　　　　　　　　／ 160
儿时食物　　　　　　　　　　　／ 165
墙内一树梅　　　　　　　　　　／ 182
楝　花　　　　　　　　　　　　／ 184
冬野亦春　　　　　　　　　　　／ 187
祖父的老物件　　　　　　　　　／ 189

竹篮里的春天　　　　　　　　　　/ 197
端午的绿　　　　　　　　　　　　/ 200
蛙鸣千古事　　　　　　　　　　　/ 203
乡间竹器　　　　　　　　　　　　/ 207

第四辑　乡村掇英

范公堤，南黄海岸边的丰碑　　　　/ 220
到如东来看海　　　　　　　　　　/ 226

第一辑

洒满阳光的村庄

我曾经在某个夜晚,走到远处,回望村庄,沐浴在太阳能路灯柔和灯光下的村舍是那么温暖,那么祥和。

紫气东来

老家的东边是一条小河，小河上有个小码头通向河东大路。当年，父亲在小码头旁边种了一棵树，叫它紫树。我以为它也可能叫梓树或者子树。邻里间谁家孩子结婚，便会到这棵树上取一段木头，用到床上，叫作装"子桦"。

做农活的人常从小码头上走过。中午，人们扛着农具，途经我家门口。父亲在家的时候，会站在门口喊："来抽袋烟呀。"

那人回道："不了，回去吃了饭下午还要下地呢。"

话音未落，人已经走远。

黄昏，我坐在门口的饭桌上，一边吃晚饭一边等我的玩伴们。父亲吃好，坐在饭桌旁边咕噜咕噜地抽水烟，有邻居坐在饭桌旁跟父亲拉家常，谈农事。

那时候，村里的路全是土路，我家这条路也不例外。

下雨天，屋檐上的水汇聚在一起，流到东边的小码头上，过往的人，踩着泥水，深一脚，浅一脚，甩起的泥点，在裤腿上糊了一层。小孩子爬着过码头是常有的事。有时候，雨下得疾，小河里的水排不及，小码头被淹没到水下，过往的人得脱了鞋，涉水过码头。

这种时候，村里人很少出门，我家门前也常常是寂静的，只有小码头上哗啦啦的流水声。

　　紫树渐渐长高，树叶变得阔大起来，雨点打在上面，噼里啪啦响。

　　大雨过后，小码头又露出水面来，太阳把路面晒干，晒得发烫，过不了多久，路面便浮起一层虚土，行人走过，扬起一片尘土。

　　那年，村子里拉来成堆的沙砾，铺到路面上，这下可好了，下雨天终于可以不用踩泥踏水出门了。

　　人们把铺了沙子的路面叫沙石路。村子里，家家出脚路都铺成了沙石路面，我家东边的小码头也得到加固增高，骑车的人可以直接冲过码头，进入大路。又是下雨天，雨点打在紫树上，还是以前的老样子，噼里啪啦。只是出门的人再不用担心路况了。雨水顺着砂石路面流走，或渗入地下。人踩上去，不会沾两脚泥巴，也不会打滑。胆子大些的人骑着摩托车可以直冲过去。不想，那天，一个小伙子得意过了头，他在骑摩托车过码头时戴着耳机，结果摔了个跟头，人从车子上飞出去栽到码头南边的小河里，被芦柴根戳得头破血流。幸而车子被紫树挂住了，人们说，要不是这棵紫树，摩托车砸到人身上，那人必死无疑。因此，紫树成了一棵幸运树、救命树。

　　2010年，村子里搞"户户通"工程，沙石路改修成水泥路。因为我家这条住宅线比较偏僻，一直没有列入村里的修路计划，大伙儿沉不住气了，便坐在一起商量自己出资修路的事。正当大伙筹划修路的时候，忽然传来消息，说是要在这里修建一条高速公路，我们这几户就在高速沿线上。大伙儿以为只是说说而已，因为以前也传过此类消息，后来就没有了下文，因此大家继续做着修路的准备。不料，这次消息是真的。2015年，启海高速动工，这条沿线上的人家都在拆迁之列，全部搬迁至另一居民小区。

巧的是，我家新居的东边也有一条小河。

老家的那棵紫树已经大了，无法移栽到新地方，我想办法从它的根部剥离出一棵小苗，栽到新居的小河边上，算是带来了老家的风水。

小河的东边，有一条5米宽的水泥路，那是村里的主干道，也是我们的出脚路。水泥路上南来北往行人不断，原来的摩托车多换成了小轿车。因我家靠近路边，成为人们时常聚集的地方，大伙儿常常聚在我家东边空地上，掰着指头算年纪，算日子，算生活，算现在村子里的车辆、房屋，算子女们的出息，等等。仅车辆一项，他们从东头到西头，从南庄到北庄，一圈算下来，不足200户人家的老村子，竟然拥有一百多辆汽车。这些车平时多不在家，到了周末便热闹起来，红的、白的、黑的、灰的，等等。汽车一路开进村，又一路开到家门口。

每逢邻居开车路过我家，开车人会习惯性地停一下，将车窗玻璃拉下来，跟场院里的老人打声招呼。

"您老身体可好呀？"

"好着哩，下车抽根烟？"

"不咧，回去一下，马上还得走。"

车子开走了，人们顺着话题，七七八八又扯上一阵子。

一转眼又是几年过去，小河东边的水泥路拓宽了，路面还换成了柏油路面，道路两侧安上了路灯。高高的杆子上顶着太阳能电板，到了晚上，天刚黑，太阳能路灯便一盏跟着一盏自动亮起来。村里的人们也跟城里人一样，能在路灯下散步。

千百年来，老家一代代人晚上都是用月光照明。人们在昏暗的月光下走路，深一脚、浅一脚，走过了一代又一代。没有月亮的夜晚，人们只能凭着感觉，一步步走向更深的夜里。到我小的时候，条件好些了，用上了玻璃马灯，便以为这是最好的照明工具，不想，几年后有了手电筒，再后来又有了充电手电筒。充电电筒真省事，提着它走夜路是骄傲的。浓烈的光，那么亮堂！没想到，现在手电筒也不需要了。白天，太阳能电板吸足能源，晚上，自动亮起来。清洁、环保、美丽。父辈们一定没想到有一天，农村人能用上既不用油也不用电，还能自动发光的路灯。

我曾经在某个夜晚，走到远处，回望村庄，沐浴在太阳能路灯柔和灯光下的村舍是那么温暖，那么祥和。

有了路灯，又有了互联网，老爷爷、老奶奶们的手机也换成了智能的，接通了网，老人们的世界从此不同了——有了微信，拍个照片，发个朋友圈；上百度搜个广场舞视频，学着跳；平时打电话，也换成了视频通话，可以跟海外的儿孙们天天见面。

我家的东边还是那条小河，小河的东边还是大路，这一切似乎都没有变化，变化的是一个个细节，一段路，一辆车，一条河，一盏灯，一根网线……看似变化很小，却悄悄改变着村庄的内涵和走向。

我家东边小河旁的那棵紫树又长高了，已经有了一棵树应该有的模样，雨点打在树叶上开始有了噼啪的响声，它就像当年的母树一样，默默地生长，默默地接受生活的赠予。当然，现在已经不再有人从紫树上取木头装床"子榫"了，它完全成了一棵普通树木。平日，当我走近这棵紫树的时候，时常想，是不是这棵紫树正应了"紫气东来"，带给我们这些好运？

洒满阳光的村庄

近一段时间,我在老家孙庄村度周末,每次都要到村子里走一走、看一看,每次都会感受到村子的变化,每次也都会有一些小小的收获。

孙庄村这几年值得看的地方越来越多。平时我只是在近处走,看点近处的风景,这天,我决定走得远一点。

我曾听村里冒书记介绍过孙庄的几个特种养殖场,便骑上自行车循了路径找去。

我最先到的地方是地处孙庄村东北部的一个蚂蟥养殖场。

我觉得现在的人喜欢猎奇,居然想起养蚂蟥。蚂蟥是个很不招人喜欢的东西,我在少年时可没少受其害。初入水田里学栽秧,常常有蚂蟥爬到手上脚上,口内颚片钻进皮肤里,死死叮着不放,你摘下它这一头,那一头又叮上了。每摘下来,必是要放在地上狠狠踩上几脚才解恨,没想到居然有人养它!更让我惊讶的是,蚂蟥养殖场的场主居然是一个女子,而且看上去只有30岁上下。这女子姓翁,为人热情大方,听说我是来参观她的养殖场的,便让我随意看,并主动为我做解说。以前我只是听说有养蚂蟥的,却一直不知道怎么个养法,是养在屋子里,还是养在室外？是养在泥地上，还是养在水塘里？

随小翁看她养的蚂蟥，才知道蚂蟥原来是养在水池子里。一个水池大概有几十平方米的样子，小翁目前已经拥有几十个蚂蟥池。增氧的水池在不停地泛着气泡，几只秧盘似的托盘浮在水面上，小翁将其中一个托盘捞出来翻给我看，那上面爬满了大大小小的蚂蟥，难看得要命。小翁却当珍宝似的，拿一个托在手里给我看。看小翁文文静静的样子，说起蚂蟥来却头头是道，蚂蟥的饮食习惯、蚂蟥喜欢的水体、蚂蟥适应的温度等，娓娓道来，如数家珍。看她捉蚂蟥，也让我惊奇，十分蛮横无赖的蚂蟥，在她的手上却变得很温顺，不叮也不咬。我以为她的手上一定是涂抹了什么东西，竟如此有魔力。

小翁告诉我，蚂蟥主要用于制药，销路完全不成问题，都是制药公司直接上门订购。小翁说，她的蚂蟥养殖场还要扩建，估计到年底面积增加到20亩，年产达到100万尾。

蚂蟥养殖场向东200米左右的地方，是村民小徐的中华白玉蜗牛养殖基地。蜗牛是养在大棚里的。大棚是普通大棚，上面是铁架塑料膜顶，外面加盖一层遮阳网。大棚里分为多层格架，蜗牛就养殖在各个格架上。由于主人不在，看门人不让进，我就在外面看个大概。知悉徐家是去年5月流转了村里10多亩土地，投资50多万元，建起这个蜗牛养殖场的。今年场里养了24万只中华白玉蜗牛，目前生长状况良好。小徐是本村人，大学毕业后选择了回村创业。据知情人说，目前小徐的蜗牛养殖场已基本收回成本。

从蜗牛养殖场出来，我又去了康家的山羊养殖场。

老康（康春）曾担任过孙庄村的村支部书记，退休时当了几年种田大户。老康是个很有经济头脑，且很有胆识的人，善经营，又懂政策，因此，事事走在别人前面。山羊养殖是孙庄人的传统产业，过去都是一家一户地养，没有形成规模。老康搞的是规模养殖，他的山羊养殖场常年存栏在 100 头左右，其中近 90 头是母羊。老康养羊以繁殖小羊卖苗羊为主，由于他的山羊品种好，又养得好，几乎是不等母羊生产就已经被商家预订了。据他的夫人介绍，小山羊长到 15 斤以上，每只羊能卖到 600 元，一头产仔的母羊，平均一年约可生产 1.5 批小羊。按每头母羊一窝平均产两头小羊计算，其年收入是相当可观的。

据老康的邻居说，他家的山羊不爱叫。真奇怪，羊哪有不叫的呢？小时候，我家养两只羊，夜里还常常被它们闹得睡不着觉，但是，老康的山羊的确不叫。我认真地看了它们的嘴唇和咽喉，似乎又没有什么两样。

康家养羊场东侧，是徐家的养羊场。徐家的养羊场比康家的规模略小一些，似乎仍在扩建之中。在孙庄人眼里，老徐是个"大贩脚"，他不仅养羊，还是种粮大户，目前种几百亩粮食，还拥有二十多亩水面的龙虾塘……

回家路上，我原打算顺道去孙庄村葡萄园看看的，因时近中午，便先回家吃饭休息了一下，下午再出发。

事实上，蔬菜种植和葡萄园大棚这两项才是孙庄村最抢眼的。

孙庄的蔬菜基地和葡萄园承包人都姓王，而且都是山东人。有人戏称他们是孙庄村产业园的"二王"。他们包下了孙庄村近三分之一的土地，他们不仅要付给孙庄人土地流转费，平时需要人工就用孙庄村那些从庄稼地里解放出来的劳动力，这无疑给孙庄人在家门口谋业提供了机会，也多了一项经济来源。

种蔬菜的中年汉子叫老王，有多年蔬菜经营的经验，他种的蔬菜品种多，菠菜、青菜、包菜、豇豆、毛豆等，几乎各个季节的蔬菜都有，都是露天种植，一下子就是几十亩、上百亩的规模。别人不敢种的菜他敢种，别人种的菜卖不掉，他卖得掉。自他接下这上千亩蔬菜地以后，不仅保证了土地流转费的及时到位，而且使周围农民的工作更加稳定。

孙庄村的葡萄园是2019年建成的。初建智能大棚的时候有不少人担心，这近两百亩的大棚建起来，谁肯花大价钱承租呢？孰料，大棚还没落成，就被山东临沂的小王"抢"了去。小王29岁，年纪轻轻却已经在水果业界摸爬滚打十几年了。他原在如东县城做水果批发生意，因为跟果农们打交道多了，便开始尝试水果种植，并尝到了甜头。于是他又在如东东部搞起了规模种植，效益也很好。近而，他第一时间将孙庄村的智能大棚承租下来，全部栽上"阳光玫瑰"葡萄。

在葡萄大棚里，午后的阳光经过棚膜照在葡萄架上，给人一种温馨的感觉，正应对了这葡萄的品牌"阳光"二字。一串串葡萄从枝叶间探出头来，葡萄架下，几个家住附近的女工正在给葡萄套纸袋。蓝色的纸袋让温馨的色调变得富有诗意。

走出大棚的时候，已是黄昏时分，这时候的孙庄大地上，洒满了夕阳的光辉，倍觉温暖和煦。阳光柔柔地照在蔬菜地上，照在葡萄园大棚上，照在大棚间的小河上，照在高速公路奔驰的车子上，照在村道行人的身上……我，就沐浴在这一片暖暖的阳光里。

风味稻田

稻田里是有风味的。

在乡下居住，早晨出门散步，每走近稻田，我总会习惯性地看看水稻叶尖上的露珠，那天，我忽然发现稻穗上有了异样，原来稻穗上有了稻花。稻花仿佛是在一夜间盛开的，用"盛开"这个词似乎有点夸大，因为稻子的花朵极小，花柄如同一根白丝线，稻花是白白亮亮的一星一点，它们是那么不起眼，作为花简直可以忽略不计，如何称得上"盛开"呢。但在我的眼里，它格外美丽，因为一朵稻花就是一粒稻谷呢！"稻花香里说丰年"，说的就是稻花的香味，话语间，我恍若就闻到阵阵新米饭的香味了。

因为我的户口一直保留在农村，我名下至今还有将近 1 亩地的稻田，只因我不善耕作，田头地边，空着一些地方没有耕种，故每次收割机手丈量的时候，实实在在的稻田已经不足 9 分地。地在我的名下，但多由别人代种代管，我仅以主人的身份来看看，有事没事绕到稻田边走走，有时还拍几张照片发在微信朋友圈里，惹得城里朋友们眼热："你在乡下还有一亩三分地呀！"

我虽然不怎么下地，但因为工作关系，有机会和土地亲近，和稻田亲近，和水稻亲近，又因为有年少时多年的种植经历，对水稻的种植全过程都了如指掌。

秧苗栽下去一周左右时间为醒棵期，开始活棵返青，至半个月后便开始分蘖，这个时候的稻苗还很矮小，细细嫩嫩的，它们似乎仍应被称作"秧苗"，直到一个月以后，秧苗明显长高，棵子真正"发"开来，随后即进入拔节期，这个时候才可以唤作"水稻"。水稻生长到三个月左右，便开始孕穗、破口抽穗，农谚说"见秀四十五天"，意为水稻从开始吐穗45天后即可收获。

早晨的太阳照在大地上，照得水稻上绿油油的一片，阳光让每棵水稻都欣然睁开了眼，挺直了腰杆，抖擞起精神，像准备接受太阳的检阅，接受风的洗礼。走近稻田，发现稻叶顶端的颗颗露珠在阳光下如珍珠一般，晶莹剔透，闪闪发光，让整个稻田都灵动起来。当我从稻田边走过的时候，阳光将我的身影映在稻禾上，我的人影的头部好像罩上了一层光圈，那光圈随着我的行动而动，我走它也走，我走得快它也走得快……我觉得这时候的稻田成了我身体的一部分，或者说，我就是稻田的一部分，大自然如此美好，真的好奇妙！

每当夜幕降临，月亮升上天空，稻田上又是另一番景象。刚栽下去不久的秧苗还很单薄，月光照在水田上，白花花的一片，可以从中看到"天光云影"。但千万不要以为月光下的稻田就是"静谧安详"的，其实，月光下的稻田非常热闹。月光下，稻田里"歌声"不断，正如南宋词人辛弃疾的词句所言："明月别枝惊鹊，清风半夜鸣蝉。稻花香里说丰年，听取蛙声一片。"群蛙在稻田里齐声喧嚷，争说丰年。这"蛙声"不是一两声，而是遍布了稻田、铺满了大地、填满了夜空。

事实上，最热闹、最纷繁、最响亮的蛙声不是在"稻花香的时候，而是六七月间，秧苗刚栽下，稻苗还小，水田空间大，而且，这个时候的雨天多，雨后的秧田里，常常遍布蛙声，果然是蛙声一片，而真到了"稻花"飞扬的时候，蛙声已经减弱，甚至于青蛙们已经噤声。

黄昏时分的稻田是最有趣的，景观也颇为独特。近年白鹭经常在黄昏前后光临稻田。白鹭的体形修长，身体呈纯白色，每来到稻田的时候，将大半个身子露出水稻，轻盈、灵巧，颀长的脖子，一伸一缩，顾盼生辉……最多的时候，白鹭几乎遍布了整块稻田，当天完全黑下来的时候，却又一个个不知去向。

曾几何时，因为农田里农药化肥使用过多，或因打鸟儿的人多，很少有鸟儿光顾农田了，即使有，也是在稻子抽穗以后，白鹭的回归，也证明了生态的向好。不过，邻近几户人家都不太欢迎白鹭，甚至于有些厌恶，他们见我把白鹭鸟儿当宝贝似的，便纷纷跟我诉苦，投诉白鹭的一条条"罪状"，说它们在稻田里嬉戏、"洗澡"，常常踩倒许多稻秧，糟蹋了秧苗云云。我笑说，它们再来时你们就轰吧，尽情赶到我的地里来。

"漠漠水田飞白鹭，阴阴夏木啭黄鹂。"这是古人对生态环境的赞美诗句，这么好的生态环境和这样美丽的稻田不正是古人们所向往和追求的吗？这也是今人所希望看到的美好景观，而它就真实地出现在我家的稻田里。

听说，去年老家乡镇被命名为"味稻小镇"，我不知道这"味稻"中的味儿都包含哪些内容，肯定有经营者的经营理念，有服务者的服务内容，有水稻的高品质，我想还应该有这稻田里的风情、风景和风味儿。

最美家乡水

老家袁庄，地处江海平原，这里虽不属水乡，却胜似水乡。我曾为家乡的水写过几篇散文：《礼乐河从小镇流过》《红星河》《马塘纤道》等，分别载于《雨花》《南通日报》和《江海晚报》上。

老家的河流的确很多，这个仅仅 97 平方千米的小镇，就有 5 条县级以上的河流通过，纵横的河道将全镇结成水网之乡。

在道家学说里，水有滋养万物的德行，它能使万物得到利益，而不与万物发生矛盾和冲突，人生之道，莫过于此。

在小镇境内，众多地名皆与水有关：海河滩、陆家凌、居家湾、界河边、濮桥、薛家桥、万红桥、袁家码头、天池、潮尖、殷家渡、堡河口等。因为多水，也让老家的大地变得秀丽，让老家的人变得亲和、温柔。事实上，老家的水与周边乡镇的水并无差异，而且，老家的地理位置并不突出，它的水源均来自他乡，从上游流来，向下游流去，应了"流水不腐"这句老话，正是水流，让家乡这块土地永远生机盎然，朝气蓬勃。

记得在《礼乐河从小镇流过》一文发表的时候，有较真的读者跟我理论，说我不该把地名搞错，礼乐河应该是"李骆河"，因为当地有李庄和骆家环的地名，河流因穿越这两地而得名。我笑笑，反问他：我写这条河，写了什么？主要是写一河两岸的人受到河水滋润，变得有礼数，变得爱乐爱乐，你说，这河是不是应该被称之为"礼乐"河呢？这么个礼乐呀？问者恍然大悟，连连称是。

是的，我说过，因为礼乐河水，让袁庄镇变成礼乐之乡。

一个叫符红兵的小伙，将一位与自己没有任何血缘关系的老奶奶领回家赡养，这一养就是 5 年、10 年、20 年，终至把自己"养"成了"江苏好人"，他说他没有什么特别的，就是不忍心看到别人遭罪；2015 年，小镇上一位叫徐兴荣的老人，捡到数千元现金，一定要找到失主，在原地苦等，从早上等到下午，终于物归原主。当主人要答谢他的时候，他却谢绝了，他说，这很正常，放着我们哪个袁庄人碰到这个事都会这样做的；孙庄村村民徐功成，在附近河上见有人落水，来不及脱去衣服，奋不顾身跳进河里，结果被落水人缠住，差点要了自己的命。有人跟他说，以后不能再这样犯傻了，他的回答是，是的，以后再救人就有经验了⋯⋯普通的人，简朴的话，却都拥有一个水一样的心胸。

水滋润出女人的灵秀。大凡老家女子，都有江南女人的丽质，走出去，人们常常以为她们是江南女人，"请问，侬是苏州人伐？"老家的镇长姓殷，一个年轻、娇小、娟秀、水灵的女子，一副袅袅婷婷的样子，但人不可貌相，她的性格却不似她的容貌，她办事泼辣，处事果断。我以为，这样的人恰似水一般性格。一次遇上她，看她的姣容，我问了一声："殷镇长，您在哪儿做美容了？"她被弄得莫名其妙："没有呀，我哪有那功夫？"

或许是沾了美女镇长的光，让小镇变得如此钟灵毓秀！

殊不知，为了袁庄境内的这片秀水，老家人流了多少汗水，花费了多少心血。他们开动脑筋描绘，他们撸起袖子实干。绿化造林、土地整合、河道清淤、厕所革命、垃圾分类……每一个细枝末节都不放过，每一道关卡都要严密把守。2017年，小镇被授予江苏省"水美乡镇"称号。

古人有一副对联："水惟善下能成海，山不矜高自极天。"

从低处走，向高处看，这就是老家人的为人和处事之道，这也是小镇能成为"水美乡镇"的成功之道。

水让家乡小镇镇雍容华贵，水让家乡小镇有容乃大。

孙庄的葵花开了

去年,我的《我在孙庄等你》一文在中国作家网发表以后,引来一帮文友的关注,他们来电来"信",说是想来孙庄看看,希望我在孙庄"等他"。

说实在的,自从写下《我在孙庄等你》之后,我的心里就有点忐忑,感觉底气不足,毕竟,孙庄村只是一个农业村,而他们在农业上并没有什么独特的地方,说生态农业,没有生态产业,说特色农业,没有特色产品,除了有个出口特种蔬菜基地外,几乎没有多少可圈可点的地方。我写那篇文字的时候,孙庄人正凝心聚力为建设江苏省"美丽乡村"埋头苦干,那时的孙庄村简直成了一个建筑工地,到处是红旗猎猎的吊塔,到处是隆隆的卷扬机、搅拌机声,到处是来来往往的施工车辆。居民小区接近尾声,公共服务中心正处在紧张的建设之中,工程施工的孙庄在"美丽乡村"中占了很大比重。现在来看,居民小区到处都有,村公共服务中心也是村村有的设施,如果说孙庄有什么特别的话,只不过比别人在设计上新颖一些,刚建成成色新一些而已。种植上,土地大面积流转以后,现在哪个村没有连片的保温大棚?哪个村没有特色项目?人家来,我请他们看什么呢?除了那几条弯弯曲曲的林间小径，除了村头的那个小桥流水的风光，除了在田野上空飞来飞去的那群白色大鸟，孙庄还有什么可以拿得出手的呢？

秋天来了，我跟几位退休老同志正为组织镇上广场舞比赛活动忙得不亦乐乎，这件烦恼的事情暂时被搁置一旁。

忽然，孙庄村支部书记小冒给我打来电话，虽然看不到他的表情，但我从他电话里的声音听出他的兴奋。冒书记问我在哪儿，我说在镇上啊。他说，你到孙庄来，到这儿来看看。我说我正忙着呢，有什么事你说，言下之意是不想去。他不再说话，并把电话挂了，这个小冒书记，搞什么名堂！忽然，我听到手机里传来滴滴的响声，拿起来一看，是他给我发来了图片，图片上是一片葵花，接着，又给我发来一段葵花的视频，是那种全部盛开了的葵花地，金灿灿的一片，用无边无际来形容并不为过，他站在葵花地中间，对四周作旋转拍摄，好美的画面，好壮观的气势。我感觉这画面似乎在哪儿见到过，哦，我想起来了，是在电视上，杭州的什么向日葵花海，那可是著名的旅游景点啊，小冒什么时候去杭州了？

紧接着，小冒书记又发来一段文字：这是我们孙庄的葵花。

哦，原来，小冒书记这段时间一直没有消息，是在忙他们的葵花呀！

我蓦然想起来，今年七月，曾听老家人说孙庄村要种葵花。七月份种葵花？哈哈，老庄稼人一个个笑，没听说过。当时给我传递消息的是一位老人，曾经认为在七月里种葵花是不识时务，有悖常理，自古以来只有在春天种葵花，哪有在七月里种的，七月里种葵花，恰如是"六月里秧茄，不如回家抱伢儿"。最后，他还发了一通感慨：现在的村干部呀，都是些不会种地的年轻人，照书本上、网络上瞎弄，这样会把好端端的村子给折腾得乱套了的。

因为事情多，我没有应小冒书记之约去孙庄村。今天忽然传来消息，因为县某媒体得到孙庄村葵花盛开的消息，去那里拍摄了葵花的新闻片。县里的来了，市里的也跟着来了，便引起了轰动，于是，吸引了周边不少观赏葵花风光的游人。

孙庄的葵花成了如东县乃至南通市近期的一道亮丽风景，也成了当地的热门话题，我微信群里的那些文友们又开始骚动起来。

好的好的，你来你来。

我满口应承着。有了葵花地我心里就有底气了，自信满满。

我当然要为朋友们打个前站，自己也来个先睹为快。孙庄的葵花并非媒体的炒作，七百多亩连片的葵花地，果然大模样。秋阳下，葵花金色的花盘在浓绿叶片的衬托下，在秋风中摇曳婆娑，顾盼生姿，似是点头迎客。尤其是那些白色大鸟们，它们又适时出现了，它们在葵花地的上空高高低低地飞来飞去，其情其景，这里我又开始恨自己笔枯了。

小冒书记跟我说，他现在遗憾的是，当初没有做好准备，什么配套的服务项目都没有，譬如观光游人的吃住问题，譬如其他游乐项目问题，如果其他服务跟上去了，他今年的葵花就不仅是葵籽花本身，而是一个很好的旅游产业了。

观光农业和生态农业一直是小冒书记的梦想，他曾设想利用高速公路取土的废沟塘，建成人工湖，打造一个生态旅游景点，可惜投资巨大，一时难以实现。于是，种葵花就成了他退而求其次的一个办法,这当然只能算是一个救急措施。他说,他还在坚持着那个梦想,一定要将那些沟塘利用起来,到时候再将人工湖与葵花花海连接起来,其效果就更为壮观了。

小冒书记向我粗略介绍了孙庄的葵花。他们所种的这种葵花学名油葵,原产北美,生长期很短。其葵花籽富含人体必需的不饱和脂肪酸——亚油酸,所产油被誉为"21世纪健康营养油"。我认为,这葵花最大的作用不在它的实用性,更多的是其观赏价值,是为未来旅游工程打下的伏笔。

我又要为小冒书记的胆识点赞了,但这一次我来得低调,生怕把话说大了,到时候不好收场。

在孙庄村的葵花地观赏过后,我胡乱涂鸦,写下如下话语:

美丽乡村花似海,徜徉花海心澎湃。
田园风光添诗兴,乡村旅游好品牌。

挑荠菜的老太太

"老太太,挑荠菜。"老家的孩子小时候个个都会唱这样的顺口溜,话中带有贱骂的含义,那时,只有乡下的小脚老太,才是挑荠菜的角色。

农历二月,一位来自县城的作家到孙庄采风,我们走进孙庄村的文昌园。这时候,野地里的风还很尖厉,地里几乎见不到几个人影,我们正沿着弯曲的小河悠闲地漫步,只见路边有一位佝偻着腰的老太太在挑荠菜。我自认为这里没有我不认识的人,却偏偏没见过眼前的这位老人。老太太的头发已经花白,虽然她头上裹着头巾,额角上还是露出一缕白发来。老人的篮子里已经有了半篮荠菜,估计她已经挑好一阵子了。

我走上去打听老人的来历,老太太看了我一眼,说:"我就住在这里呀,你们是哪里的?""哦,您是这个小区吧?"我忽然想起小区里有几家外来住户,或许她是其中某户人家。老人笑笑告诉我,她女儿家住这里,女儿一家过年后去了城里,她是来替女儿看家的。

老太太也许是平时捉不到一个说话对象,一旦开口,便滔滔不绝,不肯停下来。他说,她的老伴在几年前的一次车祸中去世了。他们两口子只生了两个女儿，大女儿留在家里，她就跟大女儿过，住在这个小区的是她的小女儿，小女儿的孩子在城里开了个小厂。这几天，她帮女儿看家，看到这里的荠菜多，顺便挑点拿到街上去卖。

我问老太太，挑荠菜为什么不到大田边去，那边比这里多，而且棵子也比这里的大。她说大哥你不知道吧，那大田边的荠菜不能挑，这几天承包大户正在打除草剂，路边的荠菜上有毒，可不做伤天害理的事情。接着，老人跟我们说："这荠菜眼下是时鲜货，街上卖五六块钱一斤呢，你看我，这半天不到就挑了有五六斤，能卖到好几十块呢。超市里的大米只卖两块多，一斤荠菜就能换好几斤大米。"

作家朋友开玩笑说："老人家，人可不能光吃饭，也要吃菜。"

老太太笑道："这个大哥一定是城里的吧。谁不想过吃菜吃肉的日子！可我们这农家小门小户的，家里的零地上有青菜，还有白菜菠菜，不讲究这营养那营养的。"老人停了一下，不等我们插话便又说起来："家前屋后长的，蔬菜不要钱；养几只鸡下蛋，不要钱；过年前腌的咸鱼咸肉，家里还有。我这身体还好，没病没痛，在家闲着也是闲着，出来挑点荠菜还能换俩钱，还可以贴补贴补家用。可不能什么事都张牙扒口地向孩子们要。"

老太太的心态很阳光，也很想得开，很让我们敬佩。

作家朋友悄悄跟我说，现在县城里荠菜卖到八块钱一斤，而且都是大棚里种出来的，看上去新鲜的很，吃起来味道跟这种荠菜没法比。我便上前跟老太太商量说："您把这荠菜卖给我的朋友吧。"老太太笑道："不行。""为什么？"我问，"我这荠菜在卖之前还得把黄叶择干净，这脏兮兮的哪里出得了手。"老人说着，忽然想起什么似的，说："也好，这样吧，我把篮子里的荠菜倒给你，不要你的钱，反正在家也是闲着，就算我这半天去看打牌了。"

作家朋友说："那可不行，天这么冷，您老辛辛苦苦地挑了这老半天，我可不敢剥削老人家的劳动力。再说我们就是到菜市场也买不到您这野生荠菜呀。"说着，从钱夹子里掏出一张百元钞票。老太太显然有点不高兴，说："你这干部还真看不起我这个乡下老太婆呀，我就是心再黑，也不能要你这一百块钱呀。我这口袋里也没揣零钱，城里人稀罕野生蔬菜，你就拿去，我真的不要钱。"

面对老人的真诚，朋友不知道是拿好，还是不拿好。因为是他主动提出来买荠菜的，如果不要了，未免辜负老太太一片好心，而他钱夹子又没有零钱，用手机付款，老太太又没有智能手机。而我的身上也没有带零钱，这个弯一时转不过来。

朋友说："老人家，这一百块钱呢就算是我孝敬您老的。您的年纪比我妈妈还大呢，您不收钱我不会拿的！"老太太说："你这人也太小气了，就这么一把野菜还硬要给钱。我这都是快要入土的人了，哪能想着讨人便宜呢。这样吧，一回生二回熟，大哥不是这里人吗？等下次你到大哥这里来，再给我钱，这总行吧？"老人家朝我看看，忽然又有了新想法，说："哦，我告诉你个事，我大女婿在海船上，到时候我替你留一点虾米鱼干什么的，这都是城里的时兴货，我这也算是做一笔生意，图个回头客。"

没想到这老太太这么会说话，这样也让我的朋友有了个台阶下。朋友这才答应了老太太。

老太太把篮子里的荠菜倒在一块避风的空地上，将里面的草和泥拣净，装在两只塑料袋子里。为了让朋友和这老太太的邂逅做个纪念，我用手机帮他俩照了一张合影。

　　回家路上，作家朋友心情仍然无法平静，他说农村里的老大娘心地太善良了，自己跟她从无交集，居然送给他这半篮子荠菜，城里女人恐怕很难做到。最后，他硬是放两百块钱在我这里，说是等老太太的虾米及鱼干等一弄好，他就开车来取。

　　咦，想不到我倒还成他们的经纪人了。

　　事后，我终于打听到挑荠菜老太太的女儿，通过微信把这件事告诉了她。我再次见到老太太的时候，遭到老人的一顿责怪："你真不够意思呀，我挑荠菜的事又不是我女儿叫我做的，闲着没事出来玩玩，只不过是想活动活动筋骨，你怎么能说我挑荠菜卖呢，引得她们的挂念。"又说："请带个信给你的那位朋友，等到农历五月，虾米和鱼干就已经有了。"

四月蚕豆花开

　　春天的田野，最抢眼的当然是油菜花了。古人为油菜花留下不少诗句，唐刘禹锡有"百亩庭中半是苔，桃花净尽菜花开"；温庭筠有"沃田桑景晚，平野菜花春"；宋代杨万里有"儿童急走追黄蝶，飞入菜花无处寻"；宋元间陆文圭也有"黄染菜花无意绪，青描柳叶浑粗俗"等，诗中多体现菜花的灿烂和汪洋恣肆。

　　相对来说，写蚕豆花的诗就比较少，仅读到过清代汪士慎的一首蚕豆诗："蚕豆花开映女桑，方茎碧叶吐芳芬。田间野粉无人爱，不逐东风杂众香。"是写蚕豆花的朴实无华，不与百花争奇斗艳的品性。

　　蚕豆花的确是很低调的。春天到来的时候，杏花、桃花、梨花早已经开过，油菜花也已经漫山遍野，却还是看不到蚕豆花的身影。而且，开花时节，桃树、梨树把花举在枝头，油菜花挺在高处，蚕豆地一眼望去依然苍翠浓绿的一片，直至走到近前，甚至要弯下腰来，才总算看到，原来蚕豆花也开了，只是它把花掖在腰身里，藏在密密匝匝的棵子间。而且开出的是那种不为人注意的紫黑白相间的小花。

其实，我在小时候就已经知道蚕豆花了，记忆中就有一个关于蚕豆花的顺口溜："春二三月草青青，油菜花开黄如金，蝴蝶纷飞笑吟吟，蚕豆花开黑良心。"蚕豆花怎么会是黑良心呢？后来听说，民间传说中蚕豆花是一位黑心的后娘变的，所以是"黑良心"。我一直认为顺口溜中蚕豆花的黑良心是因为花的颜色和花的形状所致，"黑良心"是描述蚕豆花中间的颜色。说蚕豆花"黑良心"，实在冤枉！

百度上这样介绍蚕豆花：花冠蝶形，白色，具红紫色斑纹，旗瓣倒卵形，先端钝，向基部渐狭，翼瓣椭圆形，先端圆，基部作耳状三角形，一侧有爪，龙骨瓣三角状半圆形……

蚕豆花虽小，花期却长，前后历时两个月左右。蚕豆花收花的时候，头天傍晚花瓣合拢起来，夜里遭到一场清露，第二天就不再打开。露水将花瓣浸湿，阳光又把花瓣晒干，如此反复多次，忽然有一天，一阵春风轻轻扫过，蚕豆花瓣就悄无声息地落下，小小的蚕豆荚儿便露出尖儿来。

蚕豆有很多种吃法。

清炒蚕豆味道不错。刚剥开的温婉如玉的嫩蚕豆，放油锅里爆炒，越发地晶莹透亮，配几段青蒜苗，香而嫩，当然是连皮带肉吃了。南宋诗人杨万里的诗："翠荚中排浅碧珠，甘欺崖蜜软欺酥。"说的可能就是这个菜、这个味儿。清代诗人陆奎勋亦有诗："蚕眠非我土，豆荚忽尝新。实少腹犹果，沙迟醉几巡。名齐金氏薯，味敌陆家莼。植物留遗爱，农歌久未湮。"道出了其对蚕豆的独有钟情。

咸菜炒嫩蚕豆又多了一味。《随园食单》里说："新蚕豆之嫩者，以腌芥菜炒之，甚妙。随采随食方佳。"经过一个冬天的浸渍的咸菜，开春后从甏里挖出来，切碎，和刚从地里摘回来的新蚕豆一炒，味道的确鲜美。

袁枚或许还不知道菜中有雪里蕻，亦不知道嫩蚕豆瓣又比嫩蚕豆的鲜美更胜一筹，现代人真的是食不厌精了。小红椒切圈随姜片下锅爆香，然后将嫩豆瓣和切碎的雪里蕻咸菜入锅烩炒熟即食，其味道又是咸菜炒嫩豆无法可比的。

当然，蚕豆还可以制作豆瓣蛋丝汤、雪菜豆瓣酥、油炸兰花瓣等。

初夏的时候，农活繁忙，从地里归来的农妇，抓一把豆瓣，放一撮雪里蕻，再加一勺水，煮在锅里，只是一会儿，一碗豆瓣雪菜汤就做成了，就着一碗豆瓣汤，三口两口就解决了一顿午饭。

蚕豆收获以后，摊在场地上晒干，入夏后，用水泡开，煮成五香豆或咸菜豆瓣沙，既当菜又当粮，好吃又经饿。

在医学上，蚕豆花有不少药用价值，它可治水肿，可辅助治疗动脉硬化症。蚕豆所含的营养成分植物蛋白，可与动物蛋白媲美。

四月间的蚕豆花姿态翩跹，深紫、浅紫，极像一只只小蝴蝶的翅膀，在蚕豆棵子里轻轻扑闪，随风起舞。它们不以物喜，不以己悲，守着寂寞，静静绽放着生命的风华。

小暑的美好时光

乡间有一句俗语："小暑大暑，上蒸下煮。"小暑到了，意味着一年中最热的天到了。

"春来踏青赏花，入夏柳下纳凉，秋日读书听雨，冬可围炉煮茶。"古时，人们一到小暑节气，便或聚于树下，或汇于竹林，或饮于亭轩；有诗酒伴，有荷风吟，有瓜果香。

今我有庭院一所，傍小河，河边栽一行垂柳，只几年，垂柳已经拖一树长长的柳丝，一有风动，便翩翩起舞，果然是千姿百态。按古人的意思，柳下是最好的消暑场所，而我无须寻觅，得天独享，因时常闲坐门前。眼中有河边柳丝，有庭中石榴，看柳丝摇摆生风，观石榴花红欲燃；耳中有蛙鼓声，或高或低，此起彼伏，乐此不疲。

小暑节气里，处这样的生活环境，是令古人羡慕的。

小暑的日子，我在庭院里静坐，手边是几本书，半壶茶。有一本写盛夏的诗集，里面有白居易的《消暑》，有陆游的《苦热》，有杨万里的《夏夜追凉》，还有秦观的《纳凉》……白居易的《消暑》诗云："眼前无长物，窗下有清风。散热由心静，凉生为室空。"空无长物，如此简单，白老夫子却十分的知足。

陆游在《苦热》诗中写道："万瓦鳞鳞若火龙，日车不动汗珠融。无因羽翮氛埃外，坐觉蒸炊釜甑中。"陆游的暑天，生活环境恶劣而又无奈。秦观《纳凉》诗云："携杖来追柳外凉，画桥南畔倚胡床。月明船笛参差起，风定池莲自在香。"在暑天里，秦观是追着风，寻找凉爽地方的。而我这里，有风，有景，岂不是得天独厚！

还有一本《汪曾祺散文》，他在《夏天》里有这样一段描写："夏天的早晨真舒服。空气很凉爽，草上还挂着露水（蜘蛛网上也挂着露水），写大字一张，读古文一篇。夏天的早晨真舒服……搬一张大竹床放在天井里，横七竖八一躺，浑身爽利，暑气全消。"这就是汪曾祺很满意的夏天的早晚生活，现在即使是平常百姓家，也具备这样的生活条件。

我随意翻，随意看，看几行字，抿一口茶，朝河边望一眼，看风中摆动的垂柳，顺便看一眼蓝的天空，绿的草坪，时间在不知不觉中过去。这在古人的眼里又是何等的奢侈！

忽然，院墙外有人探过头来，原来是邻家婶子。婶子是我入住小区后的邻居，只比我大了三五岁，但按辈分我得叫她婶子。婶子手上挎一个小竹篮，我看到篮子里是两根黄瓜，四颗番茄，五六角大椒。黄瓜并不真黄，而是青绿色，番茄还没有红透，青里透红，大椒碧青发光……一看就知道都是刚从藤或棵子上摘下来的。婶子说是送给我的。

我说我家有呢。

老婶子一边往外拿一边说，你家有是你家的，可能是买的吧，我这个是我自家种的，新鲜！

古代的文人雅士，夏日常以静消暑，或邀友人一起雅集品茶，吟诗论道，焚香清谈，谈禅谈花谈月，而我，拥几本书，守半壶茶，迎村间老媪，收半篮瓜果蔬菜，晚上的菜蔬已有。如此乡下宁静光阴，暑意全无，有的是"采菊东篱下，悠然见南山"的雅兴。

如此小暑，古人会羡慕我的，城里人也会羡慕我，将来的我肯定也会很怀念今天的这段美好时光。

葵花园新风景

2018年秋天,袁庄镇孙庄村因千亩葵花开成一道亮丽风景,央视二套和省市电视台相继报道,孙庄村葵花在如东县,乃至江苏全省走红,一时间,省内外游客闻香而来,争相一睹孙庄村葵花园芳容。

人们多不太关心风景背后的故事。

我长住孙庄,因此,比众多游客更多地看到孙庄村千亩葵花园风景之后的景象。葵花开过之后,由于病虫害,以及采收的时候缺乏专门的收获机械,又因为收获季节遭遇连续阴雨,葵花园葵籽歉收,成本远远大于收益。千亩葵花园只起到了景观的作用,昙花一现。尽管孙庄村年底没有欠农户一分钱的土地流转费,但政府和集体为此买了个不小的单。

第二年,没有了葵花风景的孙庄村,有什么新举措,有没有什么新景观呢?带着这个疑虑我想重回孙庄看看。正所谓"东方不亮西方亮",孙庄人没有因为不种葵花就此冷落下来,孙庄人在上年种葵花的那片土地上,搭建起200亩地的智能大棚,构成一片新风景。建成的大棚随即被一个山东小伙子承租,全部种上了玫瑰香葡萄。目前,智能大棚里的葡萄藤蔓已经爬满葡萄架,预想来年必又是一番喜人景象。

那天,我去葡萄园参观,村支书小冒给我说起孙庄村的一件新鲜事,这事发生在他们村的最南端。

孙庄是个狭长形村子,南北顶端的直线距离近 4 千米,而东西却只有 2 千米左右。村子的最南端,有半个组位伸入邻镇地盘,这里的人常年种庄稼,在季节上多跟着邻镇人家走,邻镇人种什么他们种什么,因为这样做比较省事,尤其是在农作物病虫害防治上,因为害虫的产卵期在温度、湿度和季节相同的情况下是一致的,所以,在用药上必须跟邻镇人家步调一致。这半个组的人,常常笑称自己是孙庄村"肚子外的肉"。

半个组有多少面积呢,将近 100 亩。这 100 亩地原来是二十几块高低不一、大小不等的田块,平时所种的东西也是五花八门,乱七八糟,经过去冬今春的整理,推土机推,挖土机扒,东西整出一长溜 5 块大田,每块田在 10 亩到 20 亩之间。事实上,这些田并不能算标准农田,它们无一例外地在大田的四周筑起高高的岸子(大坝),大田四边框、大坝下均被挖成深深的沟槽,而大田的中间却是原田平地,原来,这里被修成了放养小龙虾的"龙虾池"。

经营这片龙虾池的是该村一个叫云海的青年人。

云海原是个雕花工匠,常年在外打工,年收入在 10 万元以上,这在农村已经算不错了。但是,几年前,因为妻子得了一场重病,他不得不回家陪妻子治病,因为常常要去医院,云海就不便再出去打工了。窝在家里的云海,除了为妻子寻医问药,早晚接送上学的孩子,就整天无所事事。妻子的病情稳定了,但他的收入却没有了。平时,云海就钓钓鱼、打打牌,也跟朋友喝点酒，一个本来兴旺的家庭一下子跌进了贫困户行列。

冒书记看在眼里，急在心上。

冒书记是云海的堂兄弟，云海称他大哥。在上门了解情况后，冒书记劝说云海振作起来，不能这样混日子。云海无奈地说："你说我现在能做什么？老婆病着，早早晚晚的要照顾，两个孩子上学早晚要接要送，家是离不开的。而我，除了雕花也别无所长。"冒书记说："你可以包点地种种，你的脑子又不比别人笨，总比在家闲着强。"云海说："可我从来没有种过地呀，就连什么时候栽秧，什么时候种麦，我都弄不清楚，能承包土地种吗？"冒书记给他打气说："这个你不用怕，我帮你找技术人员。"在冒书记的鼓动下，云海果真包了几十亩地。冒书记当然没有食言，农技上的事，他给包了下来。因为云海年纪轻，在外时间长，见识多，脑子灵活，而且人缘好，加之他请人帮工，开工资及时，人们都乐意帮他做。

我看到过云海种田，发现他是个好性子人，遇事不爱着急。秋后，人家麦子都种下去好多天了，有些田块已经长得绿油油的，而他地里的稻子还站立着。

天老是阴着，稻子都黄得快掉了，好心人都在为云海发愁，他倒好，开一辆红色小车，到田埂上转一圈，又走了。看看天放晴了，人们都催着云海赶紧收割，云海却说，不急，天气预报说这几天还有雨。果然，第二天，天上又纷纷扬扬下起雨来。又过了几天，收割机才终于下了地。云海将稻子收上来，直接送进了粮食收购点，听说水杂打得低，卖了个很好的价钱。有人笑说云海这是"慢人有慢人福"。云海笑着说："是的，我有福神罩着咧，这福神就是我大哥呀！"

这里的人们种田还是老做派，遵循"早麦早稻好"的惯例，赶在季节前好多天就种麦子，种水稻，云海却处处听他大哥的，按照科学来，种出的庄稼一点也不比其他农户种的差，因此一年下来收益不错。

　　紧跟着，播种机又及时开进了大田。因为稻田里一直有稻子覆盖着，又刚下过雨，土地潮润，地温又不低，所以麦子种下去没几天就出苗了。人们又说云海的运气好。云海说，不是运气好，是季节刚好。

　　尝到甜头后的云海，准备今年扩大规模。不想，在水稻收获后，他遇上了一个人，改变了他的思路，也改变了他的经营方向。

　　云海遇到的那个人是想在这一带投资养小龙虾的上海人。两人交谈后一拍即合。但云海自己一时没敢拍板，又去找他大哥。冒书记也不敢轻率表态，帮他找镇上的渔技人员进行论证，再做细致的市场调查，觉得可行。有了大哥的支持，云海算是吃了一颗定心丸，便与那上海人签下了开发小龙虾养殖项目协议。

　　暮春的一个雨天，我来到云海的龙虾池"坝"上"观光"。

　　近百亩地连成一片的5块大田，茫茫的水面，浩浩荡荡。5块大田，其中4块都只是坝下的沟槽里有水，大田中间的"原田"露在水上。唯独中间的那块，20亩一片汪洋。大水中间的"原田"上种了一片茭白，稀稀疏疏的茭白叶，在风雨中摇曳着，别具一番风光。一只小船泊在大田一角，便有了几分诗意。

　　云海陪我站在龙虾池坝上。我问了一些可笑的外行话，诸如龙虾会不会爬出水池逃跑、泊在岸边的小船是不是供游人游玩之类。说到小船，云海说，小船是用来查看龙虾池情况的，每天我们都要在龙虾池上查看一两次。他说，如果你想坐到船上游玩一下,那当然是可以的。我说,不用,站在岸上看也一样的。

看着雨中的小龙虾池,雨点落在水上激起一圈圈涟漪,我一时竟然想起苏东坡"水光潋滟晴方好"的句子来,岂止是"晴方好",其实,雨中的水光潋滟也是不错的。这里虽然没有山色,但葱茏的树木、青翠的竹篱、灰顶白墙的民居、缓缓流动的水渠……构成一幅很美的水墨画。

在孙庄的龙虾池我并没有看到小龙虾。云海告诉我,平时小龙虾都是潜在水底的,人们很难看到,因此,小龙虾的存在几乎不为人知。虽然没有看到小龙虾,但我在坝上看到数口长长的网。云海说,那就是用来捕小龙虾的网,要收获小龙虾,只要在前一天晚上将网"下"在水底,第二天,起个大早,每口网里都能收上来十斤八斤小龙虾。

眼前的风景是多么美妙,但风景的背后饱含了多少艰辛,有汗水,也有泪水。云海跟我说了许多不为人知的事情,譬如小龙虾苗放入池中最初的那几个晚上,他们夜里都不敢睡,因为不知道这些来自外地的小龙虾苗搬到新地方,是否适应这里的水质、有没有不良反应,如果有,应该采取哪些应急措施等,那可是他们数万元的血汗钱啊……在听云海讲故事的时候,我感受到风景创造者们的不容易,而且,他们又多么希望看风景的人更多关心这些风景背后的故事。

云海告诉我,如果不出意外的话,今年养小龙虾的收入就能收回投资。看他信心满满的样子,我为他的家庭摆脱困境高兴,也为他饱满的精神状态高兴。这道风景当是最美的。

孙庄有条银杏路

老家的冒书记打来电话,让我回村里看看。我听说了,孙庄村今年被列入如东县8个乡村振兴先进村之一,目前正在按照标准加紧创建。

老家的一切都刻在我脑子里,但每一次回去,又会发现不少新变化。像往常一样,回到家,冒书记便带我四处走走,我们来到村史馆施工现场,场地上红旗猎猎,施工人员正忙得热火朝天。两层,二百多平方米的村史馆,应该能容纳不少内容。孙庄村的确有不少值得记入农史的东西。在村史馆东侧,正在建一个草木乡村大舞台,据说这个舞台的名字是根据本村一位乡土作家的作品命名的。现在农村的乡村大舞台很多,也很普遍,而多了"草木"两个字,的确更具乡村烟火气。

在工地旁边,我看到有人在新拓宽的村道两侧栽树,栽的都是银杏。冒书记说,这是村里的几位老同志想出来的,他们说,我们村有一棵130多年树龄的老银杏树,干脆将靠近古银杏树这条路的道路两边全部栽上银杏,取名银杏树路。这个主意好,关键是投入不算太大,还很有特色。

我们走到古银杏树下,仰头望向它高耸蓝天的巨大树冠,恍然又听到银杏树在给我们讲述一个个故事。

据考证，孙庄村的古银杏是孙氏的一位高祖所植，当时是栽在一座小土地庙后面，一同栽下两棵，另一棵树苗中途夭折了，剩下的这棵，在高祖和众村邻的庇护下慢慢长大。

相传，当地的一位县委书记，当年带领区队在银杏树附近打游击战，多次逢凶化吉。有一次，他只身跟敌人相遇，被一老太太藏在茅坑里，躲过一劫。人们传说是这棵银杏树暗中保护了他。

又传说树下成长起来的一个读书人，竟然不费吹灰之力，就写出几本书来，成了远近闻名的乡土作家。他的成功也是因为罩了古银杏树的光环。

古银杏受到当地人的礼拜，每逢农历的初一、十五、二十五，人们都要去树下焚香，有什么心事都爱到银杏树前诉说。古银杏成了村里人们的知心人和最信赖的师长。

据老一辈回忆，"文革"期间，银杏树遭遇了一场劫难。因为树前的土地庙被人们拆掉，银杏树像一个失去依靠的孩子，孤零零地站立在一片空地上。不久，银杏树的旁边建起一所农村中学，学校的操场成了大批判和斗私批修的战场，为了更好地营造斗争氛围，造反派头头在银杏树上钉了牌子，并决定在银杏树上安装高音喇叭。可是，没有人愿意爬树，为了鼓舞斗志，造反派头头许诺，爬树者可直接加入"红卫兵"，重赏之下有勇夫，有人自告奋勇爬树。不料，高音喇叭出了怪事，在地上明明调试得好好的，装上去却不响。取下来再试，还是好的，再装上去却依然不响，如此三番五次，爬树者怕了，便再不肯上去。这些人领教了树神的厉害后，不敢再对银杏树有不恭之举。

如今的古银杏，虽然又历经几十年的风雨，却依然鹤发童颜，特别是那一身青翠碧绿的枝叶，带给孙庄大地一片盎然生机。

离开古银杏，从孙庄村公共服务中心向东，沿银杏路前行，左拐向北，穿过海启高速，向右是孙庄村建成已投入使用的储存量7500立方米的大冷库；向北是近两百亩面积的智能大棚，大棚里面是前年新栽的玫瑰阳光葡萄，目前葡萄园里已经是累累硕果；道路的左侧，有一片葵花地，是孙庄村打造的美丽乡村风景地；再向北，是前几年闻名遐迩的孙庄村千亩特种蔬菜基地，只是因为有了智能大棚和冷库等现代化农业设施，风头有所削弱。事实上，特种蔬菜园风光依旧，沿汩汩东去的新红河，向东，数千米，上千亩蔬菜园天天有变化，日日有新景。

漫步在孙庄村银杏路上，面对银杏，我浮想联翩。银杏，古称公孙树，意思是祖父栽下的树，到孙子辈才能成材。孙庄的这棵古银杏，系我的曾祖所植，现在，也就是到了他的曾孙辈上，终至成了庇护孙庄人的一棵风水树。一棵古银杏，百年之后带给人们福音。而当今的孙庄人，正在建成一条银杏路，栽下一路的银杏树，百年过后，当会给孙庄的后人们带来多少好风水呢！

前人栽树后人乘凉。对此，我充满了期待。

秋天到乡下来看鸟

秋天，我走进孙庄。田野上迎面扑来浓郁的秋的气息，稻子鼓起了肚子，大豆挂满了牌，山芋地裂开了缝，玉米穗翘起了牛角……

当然，孙庄的秋天，风景中掺进了许多新的元素，不少跟传统农业不一样的色调充斥其间，譬如特种蔬菜地，在金灿灿的原野上忽然出现一大片葱绿，就仿佛是在金色地毯上镶嵌了一块翡翠；而那耸立在原野上的数百亩白色智能大棚，又给金秋大地平添异彩……

我以为风景中最美的当数那正在耕作中的菜地。

耕翻作业中的大田，其实是一片收获过后的空地。一台大型拖拉机正在地里轰轰隆隆，来来往往。远远望去，在拖拉机前前后后新翻出的黑土地上，无端地开出一地白色的花朵，而且，那些花朵还是动态的，拖拉机走，它也走，拖拉机停，它也停，只在拖拉机的周围不远，令人甚是好奇。待走近了看，才发觉，那原来是无数只白鸟，它们正自由自在地围绕在拖拉机的四周，白鸟们时而在拖拉机的上空舒展身姿，时而在新翻的泥土上驻足觅食，好一幅人与自然和谐共处的乡村田园画卷。

秋天，孙庄的白鸟风景是最美的。当然，不是说其他的季节就不美，因为，白鸟并不是候鸟，它们已经把家安在这里了。在秋天这个收获的季节里，因为天空更为高阔，原野更加旷远，便更适合于白鸟们展示了。

曾经有一位孙庄的文人为白鸟写过一首散文诗：

"……色素的搭配，身段的大小，一切都很相宜。"

那全身的流线型结构，那雪白的羽毛，那铁色的长喙，那青色的脚，增之一分则嫌长，减之一分则嫌短，素之一分则嫌白，黛之一分则嫌黑。

晴天的清晨，每每看见它孤立在树枝之上，看上去像不是很安稳，而它却很悠然。人们说它是在瞭望，可又说不清它在瞭望什么。

黄昏的空中，偶见它低徊低飞，多么温馨的形象，那是给乡居生活中的一份恩惠。或许有人会感到美中不足，因为它不会唱歌，但是，它本身又何尝不是一首优美的歌？

水田里，不时有一只两只站立，整个田块便成了一幅嵌在玻璃框里的画，田块的大小好像是有心人为它们设计的镜匣。

白鸟实在是一首歌，一首美到骨子里的歌。

秋天，到孙庄来看鸟，是一种美的享受，美到你无法拒绝。

小镇女人叫钩娘

曾几何时,家乡袁庄的女子个个会钩花。人手一个钩花筒,筒子上绕着各色线,一根钩针在她们手上翻飞,上下左右,穿、挑、钩、扯……一连串动作下来,勾制出各种风格不同、内涵不同的物品,这种工艺被称钩花,人们送钩花人一个统一的名字:钩娘。

一

小镇袁庄地处南黄海与长江交汇的如东县西北,北与海安市交界,西与如皋市接壤,或称"鸡鸣三县"。

钩花始于编结。袁庄人编结最初源自结网,新中国成立之初,一位叫张开的人在袁庄小街上办起一家结网社。当时的袁庄小街上只有十几家店铺,店铺也极为简陋,卖布匹的,卖麻团的,卖竹木器具的,等等。跟张开的后人聊起此事,他说他们张家是袁庄望族,跟清末状元南通实业家张謇同宗,论辈分张开是张謇的侄子。张开到底是不是张謇的族人,我没有认真考证过,但他属于一个敢想敢干敢"吃螃蟹"的人。

结网社内并没有固定员工，所有业务都是外加工。从商家那里接下货单，将成品网的模式和网线材料发放给本地的农家女人们，由她们按既定规格要求在各自家中手工编结成网，再送到结网社来，经检验合格，即付加工费。这是将工厂融于民间的一种经营模式。从表面看，结网社从供销到技术用人极少，看不到生产车间，也看不到生产工人，但是，结网社的工人却又极多。有一段时间，袁庄全镇上下家家户户几乎都是结网社的"员工"。

　　结网社工人的素质条件要求不高，几乎是不分男女，不分老幼。特别是一些裹过脚的"前朝"老太太们，新中国以后，她们的脚虽然"解放"了，但是，已经长不大的小脚，无法下地劳动，加上又没有技术，于是，这手工结网便成了她们每天用以打发时间的最好手段。同时，她们凭着勤奋，凭着舍得花时间，便能从中挣得一块两块的油盐钱，也算是为家里分忧了。

　　我的母亲虽不是小脚老太太，但因为中年以后身体患有多种疾病，不能下地做重体力活，所以，也就成了结网人。最初，结的是一种小黑网，一毛钱一只。小黑网网小，网眼也小，对视力不太好的中老年人来说，是个考验。为了保证质量，不出次品，她们的结网进度就快不了，看上去极小的网，一天却只能结一口两口。

　　结网的工艺简单，工具也简单，一支银梭，一根竹邦，如此而已。

　　我喜欢看母亲结网的样子。一把锥子插于桌子一角，网头套在锥子上，母亲面对小网，左手扶竹邦，右手里的梭子不停地在网眼里穿结。结网时，母亲的身体必是随右手结网的动作做不停地摆动，穿梭、提梭、拉线、结扣……那摆动的姿势让人觉得是一种舞蹈。尤其在结网扣的时候，需要带一点力量，以保证网结的牢固，但又不能用力过猛，这需要一定技巧。一邦结完，母亲将竹邦上的网扣抹去，再结下一邦……多少个晚上，就着油灯，我做作业，母亲结网。我时常被母亲那有节奏的"沙沙"结网声所吸引，停下来，出神地看着母亲手中的梭子一上一下地从网眼中穿过。被母亲发现后，她也停了手，认真地看我。我说："妈，您结网的样子真好看。"妈妈听了呵呵一声笑道："我结网的样子有什么好看的，我看你写作业的样子才好看呢！"

结网的日子，母亲每天跟做作业的我一起到很晚，我与母亲在互相欣赏之中，一点也不觉得时间长，一点也不觉得累。

二

男耕女织是中国传统的家庭生产模式，历史上曾"耕"出过牛郎织女的故事，"织"出了"唧唧复唧唧"的《木兰辞》。袁庄女人用她们勤劳的双手，夜以继日地结网，她们结呀结。当然，她们不可能结出天上的霓裳，也不可能结出新的"木兰辞"，但她们结出了新的生活。

结网社的规模在不断扩大，结网社的业务种类也在不断增加。渐渐地，结网社有了白网，有了灰网，有了蓝网、青网等。那网不再小，不再局限于中老年女人发髻上的套网，而是有了各种用场，各种样式的中网、大网，网线也不再是细小的丝线、棉线，渐渐有了粗粗的尼龙线。这些网对中老年女人来说，既是好事，也不是好事。大网的网眼大，线粗，她们的昏花老眼看得见，好结，不容易出错，但是，结大网有结大网的难度。首先是大网的网结。要把大网的网结结牢得花较大的力气，老年女人的网扣扯不结实，结不动。而且大网用线多，结成的网体积大，质量重，给她们去网社领线或者送网带来了困难。结大网还有个不利因素，就是不便于携带。以前结小黑网，可以随身带出去结，到集体参加会议、去亲戚家住几天，都能带着走，随处可结。大网就只能坐在家里结。于是，不少老太太们失业了，母亲当然也有困难，这期间，我成了母亲的结网助手，帮她到网社领线，母亲结好的网，我再帮她送到网社。

随着对结网人群的要求越来越高，民间的"网民"便越来越少。结网社初始创业的那班人已经退休，原先手工编结的网逐渐被机器取代。当年的结网社升级为工艺网厂，而且成为小镇唯一的一家县属大集体企业。自此，袁庄民间没有了手工结网业。不过，就是在这个时候——20世纪70年代初，袁庄民间又迅速崛起一个新兴手工艺编结产业——钩花。

钩花的工具比结网还小，只需一根小小的钩针。钩花者以一双纤细的手，用一根细线，钩成辫，结成花，再将花拼成"货"。以钩针钩出的编织品可以用"奇形怪状"来形容，因为，它可以是一个茶垫、一块桌布、一顶帽子、一双袜子、一副手套，也可以是一件衣服，一条围巾……

钩花人多是一些年轻女性，她们中有的还在上学，回家后，看到母亲、嫂嫂、姐姐们领回来的"花样"，便照着她们的手法学着钩，她们心细，手巧，只半个时辰就已经学会了。于是，她们一边上学，一边钩花。父亲母亲也支持她们钩花，"下劲钩吧，为自己挣个好嫁妆"。于是，在乡下，常常看到女孩们围坐在一起，一边钩花一边说话，唱歌。到了七月初七，她们也会以传统的方式齐声唱传统的民歌:"七月七,七月七,我给巧娘送饭吃;教我巧,教我巧,钩出霓裳送你老……牛郎哥呀织女嫂,双双下凡来送巧;一根针,一根线,个个巧女都教遍。"动听的歌声把女孩们勤奋好学、追求美好生活的精神尽情地展现出来。这个时候,我的两个姐姐相继加入钩花群。而我母亲那一代人却遭到淘汰,她们手已显笨拙,很难握牢那根小小银针,她们眼睛已经昏花,无法找准钩花的那一个个小扣。而"失业"后,我的母亲心脏病迅速加重,没过多久就离开了人世。

　　进入钩花"时代"以后,走进袁庄乡里,无论什么季节,随便走进哪个家庭,都能看到这样的情景:桌子上、茶几上,甚至床上、地上,或放着一只小篮子,或放着一个小筒儿,篮子或筒儿里无一例外地盛着一个绕线的小盒,或白色,或红色、黄色、蓝色、黑色……百色种种,线盒里插一根针。更多的时候,每只筒儿、篮儿的旁边坐着一个钩花的年轻人。

　　钩娘钩花的时候,她们或在庭前院中,或在篱前树下,或在房间里,或在堂屋上;或一个人独坐,或几个人围在一起;线篮线筒儿或放在地上凳子上,或夹于两腿间;手中小小的钩针牵引出钩线,左手捏住线辫,右手的钩针在线辫上上飞下舞,挑挑钩钩,拉拉扯扯,游刃有余。钩娘们的身子便随着钩针的摆动一下一下地抖动着,这一抖,便抖出几分女人的袅娜,这一抖,便抖出钩花人的风姿,这一抖抖出种种花样,抖出一件件艺术品,也带来一笔笔经济效益。

　　在袁庄乡里,也有人将"钩娘"叫作"钩花的",就像称自己妻子"屋里的"一样朴素。

　　钩花属于编结工艺,一根线钩出辫,辫儿结成花瓣,再结成整个花，一个花钩成了，放在那里，再钩下一个；一个个花钩出来，再拼成一个整体，这便是成品了，最后再加上边框，镶上花边儿……艺术品出来了，是的，是艺术品，这一个个钩花女也就是一个个艺术家呢。

我的三个姐姐都是钩花的。其中大姐二姐曾经结过网，居然成了既会结网又会钩花的人。但是，她们终究失去年龄上的优势，手已经没有更年轻的"妹妹"来得灵巧，而且眼睛也不太好使，因此，钩花过程中常常出错，于是就会钩了拆拆了钩，速度缓慢，艺术感差。花儿钩起来了，可能还得请人拼，请人整，才能完成一件作品。

钩娘们真的不容易呢。

三

1995年，邻家娶了个叫亚芳的外地媳妇。亚芳在娘家是个连钩针都没见过的人，更不知道编结为何物，初到袁庄的时候，见那一个个如她年纪的人，没有一个不会使钩针的，看得眼睛都直了。听人说她婆婆当年是当地钩娘中的"名花"。结婚的时候，婆婆送了几件自己亲手钩的衣物给儿媳妇，其中一件花背心，亚芳见了珍爱得当宝贝似的，简直以为是件稀世珍宝。娘家人来了，亚芳拿出来展示给他们看："这是我婆婆亲手钩出来的"，惹得娘家人也跟着眼热，便怂恿她跟着学。从此，亚芳下决心要跟婆婆学会钩花。

在亚芳走进这个家门前，亚芳的男人在外面打工做泥水匠活。平日里，公公下地做农活，回来后就把家里烧饭、洗锅、抹灶、喂猪的事给揽了，婆婆坐在家里专心致志地钩花，一家人宠着她，成了个油瓶倒下来都不用她扶的角色，一年收入不下三千五千，十来年下来，建起了一座小楼。婆婆整日坐在"绣楼"里，不晒太阳，不经风吹雨淋，那脸那手白白嫩嫩的，比山区长大的亚芳还要娇嫩，把个娘家人羡慕得要死。

其实，亚芳婆婆也很眼气（方言：羡慕）亚芳，说亚芳她们这代人有福气，当年她们钩花可是"地下活动"呢，要偷偷摸摸地钩，生怕被人发现，哪像亚芳她们现在，可以光明正大地钩。

不学钩花不知道钩花的难处，学钩花还真不容易，轻轻巧巧一根钩花针，在亚芳的手里好似有了千钧之重，你要它向左插它偏偏往右穿；你捏紧了它钩起来就不灵活，捏松了它又不停地从手上往下掉；而且，编花式时还要记数，要不停地换不同颜色的线，这个花瓣的边儿十五针一转，那个枝叶褶儿二十针一换，少一针多一针都不行。亚芳在娘家哪做过这种事？钩起来不是多了一针就是少了两针，钩钩拆拆，拆拆钩钩，心里就烦。规定了花瓣的头安在第三个扣儿上，偏偏错钩到第四个扣儿里，钩成了往桌面上一放，真相出来了，花瓣比"样子"大了一框。特别是看到邻家小女孩灵玉，今年才十二岁，钩针在她手上，如同生在手上一般，钩起来，穿、挑、挖、钩、扯，流畅自如，简直是出神入化、变化莫测，亚芳看了直骂自己怎么就这么笨，连个小孩子都不如。

骂归骂，亚芳没有气馁，她是个极好强的人，又好学，也极专心。终于，经过几个月的苦学苦练，亚芳也坐进了钩花的"钩娘"群。她跟着婆婆钩，不经意间家里就添了台大彩电，过一段时间，又购置了一辆摩托车。转眼间，亚芳来袁庄已经十几年了，儿子都考进了县重点高中，孩子报名那天，亚芳拿出四千多块钱，眼睛连眨都没眨一下。

  婆婆年纪渐渐大了，前些年，跟亚芳一合计，注册办起了一家工艺品公司，专门为周围的钩娘们提供编结业务，加工品直接送外贸，生意很红火。接送的业务都由亚芳来做。婆婆只负责坐镇，在技术上把把关，不过，她时常还会坐下来钩几针，或是给产品钩一个"花样"，或是帮助前来送货的人整一整成品……她说，捏惯了钩针的手一天不拿一下钩针就会觉得不习惯、不舒服呢。

  记得一位民间工艺学家说过一段话：传统工艺制造出的手工艺品，能唤起人们亲近的感觉，而机械制造出来的东西往往养成大家粗暴的待人接物的习惯。我觉得这话用在袁庄人身上是很贴切的，你看袁庄镇女人那样显年轻，那样文雅又秀气，这里面可是隐含了小钩针的大功劳呢！

  袁庄是我的老家，我眷恋老家，恋着老家民间的钩花工艺，恋着老家的这群钩娘们。

  时常，在我回家的时候，适逢钩娘们到亚芳家送货拿货，但见钩娘们一个个云集在亚芳婆母工艺品公司门前，一时间，人头攒动。哦，是小小钩针编结出一道奇异的乡间风景。

新居白鹭飞

因为建设启扬高速公路，老屋拆迁，重建了新居。

老屋处在一个比较僻静的地方，房前屋后有小河环绕着。夏天雨水多，河里的水漫到岸上，将通往外面的小码头没入水下，我和邻居就在码头上支起网来捕鱼，也有人举着鱼叉，守在一边。秋冬时节水枯，小河沟底朝天，满塘芦苇，描出一幅"蒹葭苍苍"的画面。

小河的岸边上长几棵树，有桃树、梨树、杏树，也有桑树、楝树、松树等，树木不仅装点了老屋，而且给我们带来各个季节的时令水果。屋后有一片小竹园，每到春天，竹园里会如期钻出一株株竹笋来。清晨，茁壮青碧的竹笋披一身露珠，给人一种轻灵的感觉，我将瘦弱的嫩笋掰下来，炒食或烧汤，极为鲜美。那时，掏鸟窝拿鸟蛋是我们夏天的一大乐事（随着时代发展，如今已经不允许了），白哥儿（谐音，一种比较大的鸟）比较懒，做成的窝浅浅的，稀稀朗朗几根草，站在地上就能看到窝里面有几只蛋。白哥儿的蛋大，细腻，看着很讨喜。立秋以后，秋梨熟了，柿子熟了，地里的山芋垄也已经开裂了，这些地方成了我们时常造访的对象。冬天，我们走进萝卜地，寻找农人收获时落下的萝卜，冰冻过的萝卜呈金黄色，如水晶一般，小锹的口正好刮皮，几个人找个避风的地方，嚼出一片清脆的响声。

那年夏天，给屋后面的稻田放水，我看到水田岸子上有两只白鸟，它们在水田边上来来去去地走，夏日的阳光下，白鸟的羽毛明艳发亮，耀眼醒目。我看到白鸟的时候，它们也发现了我，扭着长长的脖子歪着脑袋紧张地盯着我看，过了一会儿，见我没有恶意，便低下头去。自此，我经常在那里跟它们相遇，它们也不避我，只不近前，彼此相隔两丈有余。末了，只听它们啪的一声，亮起大大的翅膀，扑出一阵风，在稻田上空绕一圈，再折回来飞向东边的一片树林，须臾之间飘然隐没。以后的一段时间，我时常与白鸟相约在稻田边上，直至水稻收割以后，就再没有见到那两只白鸟，不知道它们去了哪里，或者遭遇了什么，我期待着，期待来年。

2015 年，老屋被拆除了。那条环绕老屋的小河被填没，屋后的竹园被伐去，那块我曾经看鸟的稻田成了高速公路的路基。环境全变了，最偏僻的地方成为最热闹的地方。新建居舍在 500 米外的一个集中区，40 多户人家，统一规格，净一色的两层小楼房，白墙灰瓦，且一家一户独门独院，有草坪，有花木，还有小河，比原先老屋的环境优美许多。而我却依然不满足，时常怀想着那曾经走进我视野的白鸟。

前些年，村子里开始搞土地流转，从小打小闹到大规模流转。2016 年，村子里终于有了连片的千亩蔬菜园，家乡从来没有这样大面积种菜的做法，一下子出现这样大的菜地，而且特种蔬菜往往是反季节的，应该是金色的水稻收获季节，却呈现出一派青碧翠绿的风景，恍然如异国风情。

有一天，我去菜园，田间正有拖拉机作业，一大群白鸟环绕在拖拉机四周。令我惊讶，白鸟！白鸟们是什么时候来的？它们又是从什么地方来的？它们可是当年在我家水田边上白鸟的后裔？

　　菜地的附近有一片树林，我想白鸟一定是把窝做在那里了，听到拖拉机作业的声音，它们就从林子里飞出来，或围在拖拉机上空盘旋，或跟着拖拉机飞翔，或立在新翻出的土垡上觅食、嬉戏。白鸟们常常是两只同行，它们或是一对，相互照应？我举起手机，伺机抓拍它们，但白鸟们不肯靠近，不像水田边上的白鸟来得胆大，或许是这里的噪音大，人员杂，它们不敢信任？白鸟们总是在我即将靠近的时候翩然飞走，起飞时毛羽蓬松，肩羽开屏抖散，双翅微斜，抖擞出高雅的洁白，它们飞得很快，"呼"的一声，倏忽不见，空中没有留下一丝痕迹。

　　我请教过鸟类行家，他们说出现在菜地上的这群白鸟是白鹭。

　　人总是这山望见那山高，身居小区，我却怀念老屋，怀念那里的一草一木。静下心来想想，我喜欢老屋，喜欢的可能是那种幽静的生态，幸而那种状态又出现了，随着环境的越来越好，白鸟们回来了，而且多了起来。

第二辑

尘埃里的烟火

在如东民间,流传着这样一则谜语:"长长一条街,沿途挂招牌,雨天没水吃,晴天水满街。"谜语生动地描述了水车的形象和功能。

马塘纤道

马塘纤道年代不远，不比绍兴的古纤道。

马塘是一个镇，地处苏州中部腹地，战争年代曾是个战略要地，史载南宋时期，丞相文天祥曾在这里留下著名的《过零丁洋》。

我去马塘，不是为了追寻名人的足迹，完全是迫于生计。

第一次去马塘，我是从河边背着纤绳一步一步地蹬过去的，用自己的脚在我家与马塘之间踩出一条纤道来。马塘离我们家有六十多里水路，东西贯通的如泰运河和南北方向的红星河把马塘与我家构成一个标准的直角三角形。红星河二十多里，如泰河三十多里，我家与马塘就处在这个直角三角形的两个角上。

马塘是个工业小镇，当时最著名的企业是县化肥厂，我就是为了到马塘化肥厂装氨水才去了马塘。装氨水是当时的热门农活，很苦很累也很脏，但是因为能在短时间里挣较多的工分，这对靠挣工分吃饭的人来说是个不小的诱惑。乡下俗语："要得苦，行船、打铁、磨豆腐。"行船排在苦中第一。但是，在有装氨水任务的时候，人们却争着要去，生产队长这时很吃香，他乐意安排谁去就是谁去。有时地里肥缺得紧，生产队长说谁借到船谁就去，因此我也就有机会去一回马塘。

马塘对我们的诱惑，不仅仅因为工分，更重要的是因为这里毕竟是一座城镇，农村的孩子对城镇永远有一种向往，在我的心目中它简直就是一座大都市了。

称"马塘纤道"，属于一种自嘲，它不似绍兴古纤道用石头铺设的路，它是靠纤夫们用双脚一步步踩出来的崎岖不平的河边小径。马塘是全县唯一的一家化肥厂，全县五十多个乡的人都到这里装氨水，这纤道该有多长啊，可想而知远不是绍兴古纤道的70多公里那个概念了。在这条纤路上有不少小河汊，河上没有桥，纤夫们必须练就逢沟过沟的本领，一般来说，纤夫大多是些十几、二十几岁的小伙子，他们大多不会弄船，但他们不怕水，不怕走路。

装氨水的船，多选用六吨位的水泥船，三个人合一条。生产队上一般都有统一标准，六吨的水泥船装一船氨水给120分工，三个人每人就是40分工，大抵是按四天一船氨水来计算定额的。我们生产队的工分份值不算低，10分工8角钱，算来应该是每趟氨水每人工分值3块2角钱，为了它，有多少人在争着抢着啊。

纤船多以一个人在船上掌舵，两个人在岸上背纤。第一次背纤的印象很深刻，我至今记忆犹新。纤路上一切都很新鲜，两岸到处都是风景，到处都有风光，多么美呀，就连那残缺不堪的河坡在我眼里也变得很美很美。看到对面斜着身子背纤的纤夫，就会想起《伏尔加河上的纤夫》的画面；看到生根在陡峭的土壁上野菇奇蕈，我就会生出那是悬岩上的灵芝的妙想，那是救人生命的仙丹妙药；看到河边有小水沟我就会联想到一条溪流，就会觉得有淙淙水声，就会联想到桃花源；那一个个河汊就是天河，隔河有牛郎和织女……在这坑坑洼洼的河坡上跋涉，纤路上的各种杂草野花，弹扫着我的腿脚，痒痒的，麻麻的，辣辣的，这一切又变得十分现实。半天的纤背下来，那些奇思妙想便没了影，只留下腿疼、脚疼、身子疼，终于感觉到古人的话是没错的。

　　装氨水的人过夜的地方在水泥船两头的船洞里。船洞子口径50厘米左右，人在那里上下活动必须用两只手撑着船面，肥胖一点的人就有点麻烦，似乎应该用"塞"，好在行船的人中很少有胖子。行船人往船洞里塞些稻草，再塞进一条棉被，就是一个装氨水人的窝了；船头上用几块砖一垒就是个灶，自带一口锅，几斤米糁，用绳子到集体大场上捆一捆柴火，就是食堂，这就是装氨水人临时的家。

　　白天，河面上显得很热闹，过往船只很多，有点像现在的交通要道，这给我们的"纤夫"带来许多麻烦。其中的过纤颇有意思。"过纤"是一个专业术语，就是纤路上遇有港汊，背纤人要过河，这就叫过纤。过纤的时候，背纤人有时脱了衣服举在头顶上，游水过河，到河对岸再穿上。夏天的时候，刚从学校毕业的学生娃就干脆不脱衣服，和衣下水，上了岸背一会儿纤，衣服也就干了。过纤的另一种情况是，当纤路上遇到一座桥，因为桥桩在水里，纤绳如何过桥成了问题。老纤夫的方法是，人站在桥上，手抓在离纤板两米左右远的地方，将纤板在空中荡，直至使纤板从桥那边飞到桥面上来，这属于衡量新老纤夫的一项技艺标准。还有一种情况，两条船只交汇，有船要超过你，或者是你的船要超过别人，这叫"汇纤"。这时，你的纤杆比别人高，或者你比他的纤杆低，要掌握你的船是走在外面还是走在内侧，不会操作的人往往在这个时候出错，在那里乱绳（神），耗时费事，有时还会引来一番争执。老船工往往利用晚上行船，汇纤的机会就少得多。这当然也有弊端，因为你想错开白天的船流，别人也这样想，而且晚上汇船更难，尤其是我们这些新手。因此，晚上行船，河上总是叫骂声不断，而且晚上的声音传起来很远。听吵架是一件挺有意思的事，本来已经很累了很困了，这时候听到吵架声，你就会突然来了精神，于是，身上就又来了力气。行船人的吵架属于民间艺术，没有规矩，有的很急切，直奔主题，有的很含蓄，幽默风趣。比如一个人骂："你是怎么行船的！"顺便骂娘，另一个却不对骂，话也说得慢条斯理："你呀，不要太忤逆，那是你奶奶！"我就是在这个时候开始欣赏吵架艺术的。

　　我最出色的一次装氨水，是跟邻居徐大伯的一次合作。那一年我高中刚毕业，十八岁。我和徐大伯两个人合一条船，一个人在岸上，一个人在船上，这样下来一趟一人就可以挣 60 分工。这是一个风雨交加的天气。我们去马塘的时候是顺风，不需要背纤，我们把被单拿出来作风帆，看风鼓着帆行船，很惬意也很浪漫。但是回来的时候就难了，逆风加上满船氨水，这时偏偏天又下起了大雨。行船，无法背纤，不行船，又担心有沉船的危险。徐大伯弄船在行，但脾气暴躁，一急就骂人、骂天，在黑夜里他不慎栽进了氨水里，弄得一身臭气，他更是来火，一边喘着粗气一边骂这鬼天气。这时的我却异常冷静，我让浑身湿透了的徐大伯躲在船洞里，身上裹着我的棉被，由我来应付船上的事。没有衣服穿的徐大伯，这时只好听从我的安排。我一边观察雨情，一面注视船的吃水情况。已是秋天了，湿衣服粘在身上冷得我直抖，我找一块破塑料布裹着身子，急中生智又把铁锅取来扣在头上，没想到这铁锅还有遮雨功能，当然这锅在氨水船上还另有用途，就是还要用它向船外排氨水以保船位，就这样，我一会用铁锅排水，一会又扣在头上。这时的天很黑，我只能利用闪电的一刹那才能看到船的吃水情况，也就在这个时候，一个闪电过后，旁边氨水船上的人突然惊叫起来："有鬼！"他这一吵不要紧，惊动了停泊在河边的几条船上的人，他们纷纷钻出船洞，问"鬼"在哪里，我也跟着他们问，那人却只是朝我指，原来他把扣着铁锅的我当成鬼了，当大伙弄明白这是怎么回事后一个个笑了起来，又懒懒散散地钻进船洞。

这以后，在徐大伯的心里，我成了个了不起的人，他常常在人前人后夸我："才十八岁呀，能够临危不惧，遇事不慌，将来一定是个干大事业的人。"当然这只是他个人的评价，我并不如他所说的那样有什么作为，甚至于在多次去马塘装氨水后，还一直没有真正进过马塘，连马塘的街在哪里还不知道，也不知道化肥厂在马塘的什么位置上。不过，我却真的谙熟了去马塘的水上纤路，熟悉这条纤路上有多少座桥，有多少港汊，有多少缺口；河道上哪里水面宽，哪里水深，哪里水浅；河坡上有多少坟头、墓碑；纤路上哪里有桃树，哪里有瓜田……而且在多年以后还记着这段历史。

马塘化肥厂的烟囱里如今还在冒着白烟，但这里却再没有了装氨水的人，氨水都有跑到哪里去了？我还时常猜想，但没有深究。

马塘纤道因为没有了纤夫而早已荒芜，它无法像绍兴古纤道那样留给后人，它仅仅成了一代人的记忆，也永远留在了我的心底。

那时河工

父亲是一位老河工。父亲年轻时正是新中国成立初期的大兴水利时期,每年冬天,父亲都在水利工地上度过。当时,父亲担任生产队民兵排长,那可是个上河工挑泥头儿的角色。轮到我高中毕业回乡,国家已经基本不再搞大型水利工程,因此,我只有机会参加了几个县乡级小规模水利工程,算是尝了一下人工挑河挖沟的滋味。

那时河工,搞的是人海战术,我回乡后的1975年秋天,正赶上生产队动员男劳力上河工,于是,我报了名。

对于农村男人来说,上河工是件不错的事,虽然河工苦点累点,但在那里吃得好,过几天就能吃上一次猪肉、蚕豆粉丝之类的东西,这在当年算是美味了;晚上一群大男人挤住一屋,地铺上一滚,亲兄弟一般,或打牌,或聊天,那种氛围也是在家里所没有的。

母亲是坚决反对我上河工的,她的理由是我块头小,又从来没挑过担,没练过肩脚,一下子就到河工工地上去,肯定吃不下那份苦。再者,一个高中毕业生,大小也算个知识分子,去上河工挑河,是一件多丢人的事。但是母亲又无法阻拦我,她说服不了我，也说服不了她自己，因为我家那时的情形比较糟糕，母亲患了严重心脏病，我的弟弟妹妹们都在上学，父亲的腿脚有毛病已经不能再上河工，我成了家里的主要劳力，这就应了那句话："我不上河工谁上河工！"

父亲把他曾经用于挑河的旧泥络子整理出来，为我新购了一把挖泥用的大锹，还特意为我选制了一根桑木扁担，父亲说桑木扁担韧性好，挑活了丝，泥担子搁在肩上，随脚步晃悠起来，人就轻松多了。无奈的母亲帮我缝补几件旧棉衣、几双旧鞋。母亲做这些的时候，我看到她的眼里含满了泪水，我故意轻松地对母亲说："妈，你还舍不得你儿子呀，我都二十多的大男人了。"母亲听了我的话，什么也没说，只是白了我一眼。母亲的无言与她那匕斜我的目光让我记了一辈子，那目光如同针芒，刺着我自觉上进。

其实，这时我脑子里对河工的印象只是上学时所参观的水利工地，那是一幅既壮丽又浪漫的画面，那里是人的海洋，是红旗的海洋，也是号子的海洋。待我真正走进它，才发现，河工原来是那么残酷。

上河工是无须训练的，一到工地就得投入战斗。

分组的时候，带河工的民兵排长让大家抓阄，抓到谁便是谁，大伙不同意，到这时我才知道他们原来是都不想要我。我还一直以为，我在大伙心中的形象不错，乐观、风趣、有文化，但是一到现实，这些东西都不管用了，上河工凭的就是力气。最后，排长没办法，只好把我放在他的组里。排长是个寡言少语的人，他虽然个子不高，却生得粗实，黑黑的脸庞，黑黑的肤色，胳膊上的腱子肉显得很有力气。这时，我的一位堂哥提醒我，说当年排长在我父亲手下挑河时可能吃过我父亲的苦头，让我小心提防着点。父亲的为人我很清楚，他脾气坏，爱发火，处理事情粗暴简单，但他待人从来没有坏心眼儿。不过经堂哥一说，我心里还是存了份小心。

开工以后，排长安排我挑泥，我想排长是不是成心想用重担压我？我偏不吃他这一套。我说我力气小，怕挑担不行，还是让我挖锹吧。排长说挖锹是硬功夫，一个人慢了会耽误大伙，但看我执意要挖，他也不再坚持。果不其然，挖泥不是一件易事。看别人挖泥好像很轻松，一把铁锹在他们手上，就像长了眼睛似的，想向哪就向哪，竖一锹，横一锹，一撬，双手一端，一块小油箱似的土垡就进入了泥络子，一只泥络放两块，四锹一担泥，方方正正，干净利索，挖一担，地面上的沟槽就向前移一大截。可是，我手里的大铁锹就不肯听话了，那泥土更是跟我过不去似的，不是朝这边滚，就是往那边滑，总是不肯进泥络子，而且，挖出的泥块不是缺头就是断腰，因此，每担泥我端进泥络的不是四块，而是八块十块，重量还没有别人的足，累得我满头大汗，还是赶不上趟，不到半天工夫就败下阵来，不得不拾起扁担跟排长接担挑泥。

这期工程土方的运距远，挑一担泥要送 600 多米。远距离送土，就要接担，接担分为上节和下节（有时还有中节），挑上节的人要从河底向上爬坡，挑担人每一步都要拼足全身的力气；挑下节的人运距相对远一些，但走的却是平地，因此挑下节比挑上节要轻松。排长让我接他的下节，由此我感到排长并不像堂兄所说的那样有"害"我之心，而且，我还发现排长在与我接担时，有意比别人还多送一截，这让我对堂哥的为人产生了怀疑。

两天下来，我的脚上起泡了，三天下来，我的肩膀红肿了，但我坚持没有趴下。晚上，我累得坐在地铺上不想动，排长去伙房给我端来一盆热水，不由分说，抓住我的脚按在热水里，待泡过一段时间，又抓起我的脚给我挑脚上的水泡，挑好后帮我涂上什么黑油膏，扶我躺下来，排长的行为让我感动得直流泪。然后，他坐在我铺边，跟我说起他上河工的经验，他第一次上河工也是这样，不懂得保护自己，两天下来脚脖子就肿了，是我父亲教会他打绑腿保护了腿脚。排长又跟我说起上河工的"肩三脚四"规律：肩膀有三天的疼痛期，挨过三天就基本没事了，腿脚要经受四天的考验，超过四天也就挺过去。排长的话对我是鼓励，也是安慰，黑暗中，我悄悄抹去眼泪，我知道那是感动的泪，同时，让我明白，我的父亲并不像堂兄所说曾经给排长埋下仇恨的种子，相反，留下的却是爱、是亲情。排长又说："你不是有文化吗？给我们编两个河工快板，鼓励鼓励大家伙。"瞧我皱着眉头，又说："今天太累了，先睡个好觉吧。"

　　几天后，几个跟我同样第一次参加河工的青年小伙先后趴了窝，倒是我这个谁都不肯要的角色还在一瘸一拐地坚持。再看那些老河工们，几天的重担，在他们身上几乎没起一点作用，他们竟然一个个照样大大咧咧，该吃就吃，该睡就睡，晚上甚至粗野地谈女人，有兴致时还甩几把扑克。第五天晚上，我说排长，我明天不能再挑了，腿肚子疼得不能碰。排长摸了摸我腿，又摸了摸我的肩膀，说："没事，明天再坚持一下，我包你没事。什么事情总有个关口，你只要闯过这一关就好了。"晚上，我躺在地铺上想家，又想起我母亲的眼神，眼里便有湿湿的东西涌了出来。不知什么时候，我终于迷迷糊糊睡去。第二天，我跟在排长身后,又一瘸一跛地走上工地,那天,排长跟我接担时把地点送得更远了。

河工的第 24 天,河道将近结底,天却下起雨来,我心中叫好,并暗暗祈祷:雨啊,你慢慢下吧,让我好好喘口气。不料,傍晚的时候雨却停了,天上甚至有了朗朗星月,晚上又刮起了嗖嗖的西北风。老河工对我说,准备一下吧,明天要起大早了。我不以为意,睡在床上开始琢磨排长让我写的快板书。不料,第二天天还没亮,排长就喊人上工,我爬起来朝外一探头,扑面一股冷风让我一个激灵,我伸出的腿不由又缩了回来。排长说不要慢吞吞,吃了饭快走,过一会儿太阳上来了,就挑不成了。我匆匆扒几口饭,随大伙向工地走去。这时的地面上是一层雪白的霜,后半夜的西北风如刀子一般割着我的脸,开始还感到鼻子、耳朵上又痒又疼,不一会就冻麻木了,也就没有了感觉。

都说冰冻三尺非一日之寒,我却见证了冰冻一夜的现实。河床里的稀泥一夜之间被冻得结结实实,脚踩在上面硬邦邦的,咯得脚底钻心的疼,我心里有些抱怨排长,我们组的进度那么快,还用得着起这么早?再看人家,直到我们挑了好一会儿,他们才陆续走进工地。不过,起夜挑泥也让我多了一份体会,其实,在寒冷的冬天凌晨,挑担倒不失为一种好的取暖方法。开始,我的身上冷得直打颤,几担泥挑下来就不觉得冷了,再挑几担,身上就暖和起来,到天亮的时候,我们都脱得只穿一层内衣了。太阳升上来不久,地面上的冰霜就开始消融,这时,我对排长的气也消了。解冻后的地面先是汪出一层稀泥浆,外滑里硬,脚踩上去,一步一滑;不一会儿,融得深了,踩一脚一团烂泥巴,粘在脚上甩都甩不掉。这时,排长让我坐下来休息,他跟几个老河工去整理通道。我坐在一个背风的土坡后面歇息，看后进组的人还在挑，我看到有几个人因泥土把脚上的破草鞋粘脱了，就光着双脚，那一双双脚赤裸裸地浸在冰冷的霜水里，不多一会儿，就由红色变成了酱紫色，时间一长，表皮裂开一道道血口子，在泥泞的地上留下一路带血的足迹来，看着他们的情形，我的心里不由佩服起排长来。这时，我的快板也随口而出："说河工，道河工，古今河工装心中。自古治水问题大，尧舜大禹也认下。为了治好天下水，大禹神州留佳话。我们是新时代治水人，三尺大锹手中握。跟着毛主席来挑河，誓与大禹争高下。寒风冷，我不怕，肩疼脚痛不算啥。牢记伟人的教导：水利是农业的命脉。新河工，新愚公，太行王屋踩脚下。九圩港，遥望港，如泰运河显辉煌。今天的小河虽无名，也是大水利的一部分。挑河挖沟辛苦事，乐在大禹来转世，来转世。"大伙听后，都乐了，虽然脚下还是一步一滑，身上却似乎长了精神。排长手上一边捆扎竹筏一边说："快板不错，只是太文了点，挑河挖沟的都是粗大汉，粗点狂点才来劲！"

　　我以为可以歇上一晌午的，不想，不一会儿排长就让大伙复工，排长把从老家带来的竹子捆绑成长长的竹筏，架在河坡上充作跳板，又在送土沿途的地面上铺了一层稻草，我们挑着泥担子走在上面，脚就不需要泡在冰水里，也不粘烂泥巴，人轻松了许多，加之我的那段快板，也给自己鼓励不小。

　　那次河工，我拿了个满勤奖，人们纷纷夸我了不起，说十个河工中难得一个做得到，能有几个新河工没经历过趴窝的！我说这都是排长的功劳，是他呵护我完成了这期河工工程。排长一笑："嘿嘿，什么功劳不功劳的，你知道吗？当年我第一次上河工，你父亲也是这样帮我的！"哦，原来这里面还含有感恩传递的成分呢，这令我对我父亲这个老河工也多了一分敬意！

自从经历了那次河工，我的力气大为长进，饭量明显增大，身体也壮实了许多。回家后，父亲看着又黑又结实的我说："还是河工好啊，河工把我儿子磨炼成大人了。"过一会儿又说："上过河工的人才有出息咧！"我不无遗憾地说："可惜我没能把桑木扁担挑活丝。"母亲什么话也没说，只是用怨怼的目光瞪着我的父亲。

（注：九圩港、遥望港、如泰运河等都是当年如东河工所参与开挖的河流。）

豆腐望子

"望子",古称"招晃",豆腐望子就是豆腐店的招牌。

江海平原上的豆腐店很多,几乎每个村子都有一家两家豆腐店。走在乡间,你只要看到谁家门前竖着一根高高的吊杆,杆子上悬着一个草圈,那就是豆腐望子,那里就有一家豆腐店。豆腐望子的名字很好听,有一次,我讲给孩子们听,他们抬头朝我笑,我疑惑,我说错了吗?他们笑着说:"不是,我听你说的好像一个日本女孩的名字——代芙旺子。"哦,真的有点浪漫!

豆腐,本是很普通的食品,但却也登得大雅之堂,历来美食家们都着力收集各种豆腐的烹调方法。据《清史稿》载,康熙帝曾因尚书徐乾学业绩卓著,赏赐他一"八宝豆腐"方,及至徐尚书到御膳房去取,膳吏却不给,最后还是用了一千两银子才买得这一妙膳佳肴,据说徐家自此对其一直秘不外传,直到袁枚撰写《随园食单》才公之于众。

老家的豆腐,当然不讲究什么"八宝"之法,只是它的制作工艺与别个地方有些不同,仅那点浆用卤水而不用石膏就让人吃出了老家豆腐的好处来。

记得老家卖豆腐的是个老头儿,父亲跟他一直互称老表。老表总是登门送豆腐。"搬豆——腐——哦——"他的声音不很洪亮，但很悠扬很富节奏，他把"搬"字喊得很轻，然后把"豆腐"二字咬得很清，音拉得很长，带着长长的余音，这种喊法别人是学不会的，当年，我们曾试着学了一段时间，却无法做到，于是就知道将来自己不是做豆腐、卖豆腐的料。长辈们当然也是不希望我们长大做豆腐，因为乡下人总说："要得苦，行船、打铁、磨豆腐。"谁愿意自己的孩子将来去吃这份苦？

父亲的老表到了我们家，总是不请自坐，这时祖父就送上自己的水烟台，他也不客气，咕咕地就吸上两口，然后搬出两方豆腐放在我家的竹篮里，又拍拍我的头："这孩子多白，生得就像豆腐一样的水灵，将来一定有出息。"祖父笑笑，有时也挡住他说："别、别搬。"老表就说："就算我送给孩子吃的。"等老表走远了，祖父就摇头，叹口气说："哎，老表真不容易呀！"于是，我就知道了"老表"的一些情况，他有一个多病的老伴，还是半道上配成的，不曾有儿女，知道了他生活的艰难。每搬豆腐，祖父也时常说"肉怕三斤，豆腐怕常拎"的话，意思再明白不过，农家人吃肉不能称多，豆腐也不能常买，那样是会被吃穷的。

在苏中农家，豆腐是用来待客的。家里来了客人，大人就舀上一点黄豆，吩咐孩子："到豆腐店去，拾两方豆腐回来。"有时客气点的，还要买几张百页。孩子们很内行，他们不直接去豆腐店，先跑到路口朝豆腐店方向瞟一眼，看豆腐店的豆腐望子是竖着的还是垂着的，竖着的就有豆腐，垂着时就说明豆腐已经卖光了，就别空跑了。我们当然也很爱做这样的事，可惜老表总是先到了我们家，因此我极少有机会到豆腐店搬豆腐。

豆腐在我们家，吃法也许算是有些糟蹋了。把豆腐直接放到碗里，放几滴油，加点盐巴，再剁点蒜泥一拌，老家人就叫它"戳豆腐"，"戳"字念成"浊"，是指用筷子戳、捣成腐状，吃起来凉凉的，香味中带点辣、带点咸，祖父有时也就用它作下酒的菜。民间一直以"小葱拌豆腐——一清二白"作为歇后语，我总想纠正，以为应该是大蒜拌豆腐的，小葱拌豆腐一定不如大蒜拌起来好吃。

老家人常烧的豆腐菜有青菜豆腐汤、咸菜焖豆腐，现在当然还有麻辣豆腐、豆腐羹、豆腐煲之类。青菜豆腐汤，青青白白的倒是中看，但吃起来平常，老家人有句俗语："豆腐不煞馋，落得一烫。"咸菜焖豆腐味道不错。咸菜在农家不金贵，是常年食用的菜，如果在它里边再加上豆腐，那就可以待客了。一般人家舍不得放过多的豆腐，豆腐只是担个名而已。于是就有人诌出一个笑话，说有个木匠到一农家做活，这家妇人有点吝啬，在咸菜里只放了极少的豆腐，木匠一边吃着咸菜一边说："这黄豆真是个鬼东西，长在地里，它藏身在草丛里，就是做成了豆腐，它还要躲到咸菜里边不肯见人。"说得主妇满脸通红。

父亲的豆腐老表早已成了故人，现在，我的一个老表不知什么时候也做起豆腐来。我的豆腐老表与父亲的豆腐老表有相同的地方，也有自己的特点，他也是登门送豆腐的，只是他不抽水烟，我总是请他抽香烟。这表兄是我的姑表兄弟，是真老表，我光顾过他的豆腐店，他的豆腐加工已经取消了手工制作，基本上全由机械化替代。他已经不再用豆腐望子了，这让人就多少觉得缺了点乡村豆腐店的特色。老表的妻子因儿子在城里安了家，就进城带孩子去了，家里只有老表一个人，这让他很忙，但他安排得很好，他总是起夜把豆腐做好，一大早就出门送豆腐。不过，他在家里总要留下一箱两箱豆腐，供附近的人来搬。我问老表："你出去了，家里的豆腐怎么卖？"老表说："这还不简单，豆腐店门不关，谁搬了谁自己付钱付黄豆或者记账呗。"老表的话令我吃惊，我说："这样会不会有人搬了豆腐不给钱不记账？"老表笑着说："不会，都是些近邻！至少到目前还从来没出现过账物不符的事。"哦，老表开门卖豆腐的事听起来倒是蛮新鲜的。

新老表和老老表一样，一大早走在乡间给人们送豆腐。只是他不再用豆腐担，而是推一辆自行车，在车架两侧挂着豆腐箱，走在清晨炊烟袅袅的村头，倒不失为乡间一景。他一边推车，不时喊一声："豆腐噢——"他干脆把"搬"字省略掉了，听来干脆、利索、不苍老。不过，就这一声，把我拉回了十年、二十年，回到了童年的岁月里，沉浸到一种古朴的民风里。

老表卖豆腐不用豆腐望子，但他的叫卖声和他家的"无人豆腐超市"无疑就是乡间一种新的"豆腐望子"啊！

放细鸭儿

"放细鸭儿"是苏中乡下的一个古老风情。

"三月三,百样鸟儿都下蛋"时节,村路上便响起"放细鸭啰——放细鸭儿"的吆喝声,那声音拖得长长的,很吸引人。苏中乡下人说话本是不带儿化音的,但吆喝"放细鸭儿"却是一定带有儿化音。"放细鸭儿"是民间的一种赊欠行为,春天里把小鸭赊欠给各家各户,到秋后再上门结账。

放细鸭儿的商贩肩上挑着两只扁平的大箩筐(有时为两层四只),在村路上一边走一边吆喝。放细鸭儿的不收现金,身上带一个小本子,随手把哪村哪户人家什么日子赊欠了多少只细鸭儿一一记在上面,待到秋后,他再揣着那个小本子前来一家家收钱。

乡下的孩子喜欢热闹,听到放细鸭儿的来了,便顽皮地学着吆喝:"放细鸭儿啰——放细鸭儿——"放细鸭儿的人听了也不恼,只是眯着双眼望着孩子们笑。放鸭人的担子还没有放下,孩子们已经围拢了过来,这时,大嫂大妈们也赶过来了。放细鸭儿的忙着招呼开了:"大嫂大婶们,这头茬细鸭儿便宜卖,母鸭儿四毛,公鸭儿两毛五。"大家听明价格,便围着箩筐挑选起来。

箩筐里满满的细鸭儿，鹅黄色、灰褐色，绒球似的，张着扁扁的小嘴，发出细弱的"呷呷呷"的叫声，细鸭儿一边叫着，一边拼命往一边挤，煞是可爱。

我是每年都要跟着母亲去买细鸭儿的。母亲挑细鸭儿的时候，我就立在她的身边看，当然，我也有任务，我的任务就是帮母亲挎盛细鸭儿竹篮，帮忙看住母亲选出的细鸭儿。人们一边眯缝着眼睛挑选细鸭儿，一边与放鸭人讨价还价。母亲一般不跟卖鸭人啰唆，她更在意细鸭儿的质量。母亲先在箩筐边上静静地观察，看哪个细鸭儿色泽好，有精神，然后一伸手，把它捉出来放在地上，看它们跑，让它们叫。对那些不活泼的，不满意的，又顺手送回箩筐里，再换出几只来。满筐的细鸭儿，乍一看个个都一样，但实际并非如此。比如，有的细鸭儿比较瘦小，有的发蔫，有的屁股上不干不净……所以，母亲选细鸭儿首先选那些精神头足的，母亲说，这样的细鸭儿成活率高。第二，是选"母鸭"或"公鸭"。这道关很难掌握，人们多不懂如何辨别。此时，放鸭人的能耐便显露出来了。随手抓出一只细鸭儿来，放鸭人说是公的，将来就一定是公鸭；说是母的，将来就一定是母的。怎样鉴别细鸭儿的公母，放鸭人并不保守，他一边解说一边现场指导，比如，头小、腿脚细小、胆小且抢食不猛的，多是母鸭；而头大、前额凸起且有较鲜艳冠的、腿脚粗大、抢食较猛的，往往是公鸭。尽管放鸭人说得仔细讲得明白，但挑细鸭儿的人仍然不放心，每挑一只，还都要请他把把关。待终于挑选够数了，就让放鸭人过数、记账。看放鸭人记账，我有一种担心，假如收账时有买鸭的人家不认账怎么办？或者放鸭人的那个小本本弄丢了又怎么办？等等，姐姐说我这是杞人忧天，是替古人担忧愁，是的，我的这一担心纯属多余，因为在我的老家从来不曾发生过这类事情。

人们对饲养细鸭儿很上心，白天，怕热着、怕饿着、怕干着；晚上怕冻着，怕猫、黄鼠狼给叼了。所以，白天会在放养细鸭儿的栅栏里遮挡出一片阴凉来，并定时喂些泡过的新小米，每天还要拌一些又嫩又碎的青菜叶；晚上捉进竹篮，用布罩起来挂在房梁或院子里的钩子上过夜。待细鸭儿长了"大毛"、有了自我保护意识，人们才将细鸭儿撒出去放养。为了不与邻家的细鸭儿弄混了，各家主人必是要给自家的细鸭儿做上标记，方法很简单，就是在细鸭儿的头上、翅膀或屁股上抹上不同的颜料。每天晚上查看自己的细鸭儿，只要看一眼就行了，红头的是我家的、蓝翅膀的是你家的、黑屁股的是他家的……

细鸭们在一天天长大，当细鸭儿完全长大的时候，也就已经是秋后了。公鸭们憨态可掬，嘎嘎嘎地叫着一路大摇大摆，母鸭则已经开始下蛋了。这时候，人们知道放鸭人该来收钱了。

吃鸭子是苏中乡下中秋节的传统习俗，因此，中秋的鸭子好卖。中秋节前，养鸭人家便逮个大公鸭，拿到街上去卖，留出还放鸭人的欠款，剩下的便买些生活的必需品和孩子们的学习用品。

放细鸭儿的人果然来了。放鸭人在村头的一家坐下不久，欠账的人便闻讯陆陆续续地来找他了。姓名、数量、钱数，查对无误，放鸭人用笔在账本上一划，账就清了。如果有人迟迟不来，在场的邻居便吩咐小孩子上门去叫、去催。如果欠账的人家恰巧出门不在家，为了放鸭人不再跑一趟，相处得好的邻居或亲戚会主动帮着先垫上。当然，收账过程中，也会出现些小插曲。比如村里爱开玩笑的徐二宝,有一次,见放鸭人来收账,就恨恨地说自己今年买的细鸭儿不地道,本来是要五只公鸭的,结果只有四只。放鸭人满脸赔笑,说是自己不细心走眼了。旁边的人听懂了,骂道:"你个死二宝,你真是人心不知足呀,母鸭比公鸭价格还贵咧。"徐二宝呵呵笑起来,这时大家才明白他是在开玩笑呢。

如今,苏中乡下再也听不到"放细鸭儿"的叫卖声了,但是,我还时常会想起放细鸭儿的人来,尤其是那充满了纯朴诚信的赊欠行为,每想起来,我依然觉得心里暖暖的。

车水谣

如东是传统的水稻之乡。

这里虽然地处长江北岸,却有着江南的水乡风情,这里的小河极多,形成水网,给种水稻带来便利。种水稻的先决条件是要有水,"一粒米,七斤四两水。"要水就必须有灌溉工具,在当年,用得最多的灌溉工具是水车。

在如东民间,流传着这样一则谜语:"长长一条街,沿途挂招牌,雨天没水吃,晴天水满街。"谜语生动地描述了水车的形象和功能。

水车有好多种,以牵引方式可分为人力水车、牛力水车和风力水车等,其中以风力水车最大,牛力水车次之,人力水车最小。不过,无论是什么水车,除了牵引的装置不同,水车的提水部分结构和工作原理基本相似,都是由一条长长的木制水槽,伸向河中央汲水。

风力水车属于大型农具,一般人家购置不起,只有大面积种植水稻的"地主"才能使用风力水车。风力水车必须有高高的底座,底座上固定有转轴,转轴连接四支巨臂,以巨擘上的风叶招风而动,牵引水车工作。当年乡间的牛力水车夁比较多。牛力水车拿顶部造型像一个巨型蘑菇,孤立在一个个小河边上。牛力水车拿中央立一根主轴,主轴下连接圆形底盘,底盘四周装有齿轮,使用时,在车拿上套上耕牛,拖动立轴旋转,底盘上的齿轮带动水车轴链汲水;而更多农家则以人力水车引水。人力水车提水是一项极其繁重的劳动。因此,尽管如东境内小河密布,有种水稻得天独厚优势,种水稻的人家却很少。

人力水车可分三人轴、四人轴、五人轴、六人轴等(几人轴水车即由几个人踏)。

人力水车由支撑的架子、一根转轴、一条提水用的长水槽及水链条组成。水车无一例外地安在田头河边,两根竖杆固定于河坎上,在适当高度绑上横杆,供踏水车人倚扶。车轴上装置着一个个用于踩踏的轴拐(榔头),这些轴拐在转轴上分布对称、均匀,这样,踩踏起来才圆润、协调。踏水车人的脚踩到轴拐上,由于人体的重量压迫水车转轴旋转,通过伸向河中长水槽尾部的小钵轴,带动水槽里长链条上的一块块刮板"刮"水入槽,河水便汩汩地被"车"送上岸,流进稻田。

踏水车的农活叫作"车水"。车水不仅是一项体力活,也是一个技术活,车水人倚身横杆要轻,脚下踩踏轴拐用力要匀,身体重心要随腿部的抬起和踏下而稍稍后移,而且,几个车水人之间要配合默契,步调一致。

我出生在20世纪50年代末,看车水是我儿时夏天的乐事。记忆中,每到车水时节,母亲就会给我们唱起一首《车水谣》:"白米香,车水苦。脚脚踏,万里路。"

车水是非常辛苦的农事,果然是"脚脚踏,万里路",一步不到,一步不行。为了冲淡车水的艰辛,人们常常以一边踏水车一边喊车水号子来为自己加油鼓劲。车水号子也许算得上如东农村的一项非物质文化遗产。

车水号子分无词号子和有词号子两种。所谓"无词"号子，就是号子中没有文字内容，打号子人只是一直哼吼："嗨——哟——嗨——嗨——哦——"无词车水号子属于"长调"，由于打时脚下发力，那声音几乎是从胸腔里发出来的，低缓而沉重，浑厚而带有悲壮色彩。"有词"的车水号子又叫"车水山歌"，车水山歌的内容极其丰富，可以是固定的歌词，也可以是即兴创作，眼前的景、心中的事、身边的人，都可以进入车水号子。

至今还记得几段车水号子："早起上车水门开，两枝花船进港来，前船坐的梁山伯，后船坐的是祝英台，梁山伯见鹅直叫美，祝英台骂他是个傻呆呆……""日出东方一点红，先生骑马我骑龙。骑马的先生街上走，我骑乌龙飞云中。街上走的是实心地，云中飞的是脚脚空。""日出东天杨柳遮，杨树底下支水车，姑嫂四个来车水，四双金莲八枝花。""黄秧加水泛了青，车水山歌闹盈盈，远听好似鹦哥叫，近听好像凤凰鸣……"

车水号子，让我枯燥的童年多了些许生动。

炎热而干旱的夏天，稻田需要的水量多，天天要加水，人们经常搞车水比赛，以鼓励车水人。车水比赛俗称"车拼水"。

"车拼水"有两种方式，一种是两座水车相傍而立，两班人马对阵，比速度，比水量，也比相持时间；另一种是一座水车，几班人轮流上车，比一定时间内的水车转数、转速，并用一种自制的水标测试水的流量和流速。"拼水"一般以六十转为"一拼"，为显示公平、公正，他们常用丢"响筹儿"、筛锣的方法来记数。"车拼水"拼的是力气，更拼的是毅力，拼的是韧劲。

"车拼水"的场面颇为壮观。听说要车拼水了,村子里的男女老少大都会涌到水车场上去看热闹,此时人声鼎沸,场面声势浩大。车水的男人在水车上玩命地踩踏车轴,车水号子的吼叫声响彻云端。水车旁的孩子、老人、女人们也跟着水车上的家人呐喊助阵,一时间,人声、水车声,记数的锣声、筹码声交织在一起,水车场恍然成了一个战场。车拼水的确如同一场战斗,这是一场人与人的较量,更是一场人与水车的较量,一场人与大自然的较量。

车拼水时,水车转得快,记数的锣声就敲得疾,来到最后十转的时候,数数人便高叫着进入倒计时,车第一转,唱数者丢下一个筹码,高叫一声:"一品当朝",第二转高叫"二龙戏水",第三转是:三元金花,相继着喊:四时如意、五子登科、福禄双全、七子团圆、八仙过海、九天仙女,最后一句是"十全十美,还有一转,带上来呀!"这时候,水车上的人一个个嘴里发出:"噢——噢——"之声,那叫声已经不是喊,而是歇斯底里的怒号!

我的父亲是车拼水的老手。父亲每次出阵车拼水前,母亲必要为他准备一套"行头",一是额头上的汗箍,二是小腿上的"绑腿",三是脚上的草鞋,这三件的作用是:上能挡汗,腿能发力,脚不打滑。车拼水的时候,车水人净一色的赤膊上阵,光着上身,下穿一条短裤衩,露出一身黑黝黝的肌肉,身上的汗水在太阳光下泛着光泽。当车到最后时刻,车水人如同是在玩命,有面对死神的感觉,一场拼水车结束,车水人从水车上下来,一个个筋疲力尽,面无人色,母亲跟那些车拼水人的家属们早早等在水车旁边,随时准备上前搀扶车水人,以防他们倒下(因种种原因，不少人中途便从水车上撤下来)。每次看完一场车拼水，父亲在我心中的形象就会高大几分，父亲的体格并不高大，却总能够"笑"到最后。

父亲不会唱车水山歌，他只会打那种无词的车水号子，声音低沉而浑厚有力，给人一种恢宏的气势。

车拼水有一个值得怀念的地方，也是我对其念念不忘的一个原因，那就是在拼水车完后，必然有一顿"美食"，或是几只馒头，或是一碗脆饼茶，每每在看完父亲"车拼水"，我都能够打一次牙祭。

当然，水车场更多的时候不车拼水，而是日常车水，这个时候就比较平静而且浪漫。田野上，空气里弥漫着湿漉漉的气息，伴着水车链轴转动的辘辘声和哗哗流水声。放眼望去，稻田碧绿，稻禾片片，飞燕呢喃，好一幅水田漫漫的画面。而带晚车水，又是另一番景象。一轮明月挂在空中，田野上一片朦胧，远远近近传来阵阵山歌声，应和着田间"咕呱咕呱"的蛙鸣，恰似一曲令人如醉如痴的田园交响乐。就是在这个时候，爱唱车水山歌的丛大爹唱起一段山歌来，其中有一段情爱山歌这样唱道："二八佳人美少年，心灵手巧会种田。嫁个男人年纪老，嫩花被个老藤牵。不知趣来又可嫌，心里喊冤不应天。爹娘贪他多富贵，误了青春美少年……"

……

关于水车，古人留下不少诗词。唐代诗人徐来军写水车的《调笑令》词有点可爱："翻倒，翻倒，喝得醉来吐掉，转来转去自行，千匝万匝未停。停未，停未，禾苗待我灌醉。"明代诗人张羽的《踏水车谣》，通过对车水灌溉情景的描述，展示了历代的原生态农耕生活:"不辞踏车朝复暮,但愿皇天雨即休。前来秋夏重漂没,禾黍纷纭满阡陌。"

多少年以后,我成为一个农田灌溉工作者。我也像父辈一样种水稻,但在灌溉方式上,却有着天壤之别,父亲当年靠踏水车汗流浃背地提水,而我,却舒适地坐在值班室里,只是轻轻地一按电闸,清冽冽的河水,便犹如散珠碎玉似的从水泵口喷涌而出,清清河水沿着水泥防渗渠奔涌向前,源源不断地流入一块又一块绿漪荡漾的稻田。

水车是旧时农村的一个倩影,车水是一篇刀耕火种的史诗。如今,在风景名胜地,在公园,在农展馆里,还时常看到水车的身影,每当此时,我的耳边便又恍然响起当年的车水号子声,响起母亲教我唱的《车水谣》:"白米香,车水苦。脚脚踏,万里路。"

绿色童年

儿时的乡村，物质上是匮乏的，生活上却趣味多多，尤其是地里一茬接一茬的各种野菜瓜果，给了我一个野性十足的绿色童年。

春节过后，几遍春风拂过，原本匍匐在地上的荠菜便渐渐转了颜色，绿里透红，那是最具本色的。野地里的荠菜有点像农家女孩，质朴、纯正、内敛，却不失清新。母亲让我们去地里采挖回来，洗净，或炒百页（一种豆制品），或烧蛋汤，或剁碎了凉拌……荠菜生动就生动在一个"鲜"字上，"吃了荠菜，百蔬不鲜。"读范仲淹的《荠赋》，内有："陶家瓮内，腌成碧绿青黄，措入口中，嚼生宫商角徵。"原来古人对荠菜也是爱之有加的。

过些天，母亲又带我们到地里去掐苜蓿头儿。苜蓿是学名，我们不懂这个叫法，只知道"黄花儿"。这时，培育水稻秧苗都是先做成水秧母（水稻秧苗地），然后移栽到大田里去，所以每年都要预留大片面积，这些"秧母"地秋冬季节就空着，不再种庄稼，而是种上大量苜蓿，春天，要做秧母了，便将苜蓿头儿掐去，根茎留存在地里作绿肥。冬天的地里，苜蓿这里一棵那里一棵，零零散散地摊在地上，没有个长相，几场春雨过后，嫩嫩的苜蓿便翘起头儿来，变戏法般变成一蓬茏、一蓬茏，过几天，大地上便如同铺上了一层绿毯。苜蓿头儿好吃，鲜、嫩、香，许多美好的名词都可以用在它的身上。苜蓿头儿的吃法有两种，一是鲜吃。将苜蓿头儿掐回家，洗净后拌盐揉搓，去汁后拌油即可食用。一是腌食。将苜蓿头儿拌上盐压出汁液，封在缸里，待一个月后成金黄色，开封即食，加油放锅里炖熟也行，是食粥佐味。也有炒着吃的。苜蓿头儿好吃，但难掐。因为，苜蓿头儿不可能长得一崭齐，所以必须一个头儿一个头儿地掐，很费工夫。

掐苜蓿头儿的日子，母亲将苜蓿头儿拌上盐，在盆子里慢慢地揉搓、挤捏，最后逼去青汁，放在碗里，滴几滴香油，眼前的便是一碗嫩绿，一碗鲜香，一整个春天算是被收入碗里了。

母亲还要送一些苜蓿给没有种的人家，让他们也尝个鲜。随后，将一时吃不了的苜蓿腌起来。自此后，一整个夏天的饭桌上总是袅绕着苜蓿的香气。

苜蓿过后，地里嫩嫩的豌豆苗又眉清目秀起来。豌豆苗的吃法跟苜蓿头儿差不多，可腌可炒，或生或熟，但豌豆是可以成熟收获的，所以，不是所有豌豆苗都可以用来掐头儿吃。

清明一到，就该吃蒿儿团了。蒿儿有野蒿和家蒿之分，蒿儿的这个"野"和"家"，跟现在讲的"野""家"是有区别的，现在的"野"是指野生，那时的"野"是指不好吃，家蒿才好吃。家蒿与野蒿的区别在于它们的叶片不同，家蒿叶背面呈粉白色，野蒿叶背是青的。当然，味道也不一样，家蒿味淡，苦中有香，野蒿味浊，苦中有涩。

清明节后,母亲会带我去外婆家上坟,外婆家每年都会做不少蒿儿团。在外婆家,我第一次观察了母亲做蒿儿团的过程。将嫩面蒿儿捣烂(或烫熟),然后和上糯米粉调匀,先捏成一个大团,再从上面掰下一小块一小块的小剂子,捏成饼状,将预先备下的芝麻糖芯子包上,最后捏团搓成圆子,放锅上蒸。刚出锅的蒿儿团特别诱人,一个个绿莹莹的,上面冒着一股蒿儿的清香味。稍稍凉过的蒿儿团最是可口,糯糯的带点筋道,凉凉的带一丝甜意。在外婆家我没有吃够,回家后,还吵着要母亲做蒿儿团,母亲却迟迟不肯动手,最后被我叮得没法子了,才做了一回。我家的蒿儿团却没有外婆家的那种甜润黏糯的感觉,吃在嘴里,又粗又硬,怎么回事?母亲说是姐姐们蒿儿摘错了,摘的不是面蒿儿,我半信半疑。到后来还是母亲揭开了这个谜,我家蒿儿团不好吃,问题不在蒿儿上,而是因为我家没有糯米屑,母亲是拿白玉米屑做的,是为了哄我。母亲的玉米屑蒿儿团,让我真正品味到"巧妇难为无米之炊"这句话的滋味。

吃过了蒿儿团,便到了吃竹笋蘑菇的时候。吃竹笋蘑菇是在立夏以后的事,但竹笋的身上是带着春色的。

雨后阳光初起,竹园里,春笋和野蘑菇便争先恐后地钻了出来,这样的日子就成了我们欢乐的节日。竹笋是舍不得乱采的,一般要等到竹园里的竹苗出齐,有了多余的竹笋,母亲才让我们采食。竹笋很好采,抓住竹笋的头儿轻轻一扯,"咯啪!"脆脆的一声,竹笋已经离开了母体。剥去竹笋上的包衣,这时的竹笋给人冰清玉洁之感。竹笋炒鸡蛋和竹笋烧鸡蛋汤都是既简易又方便的好菜肴,也是母亲做得最多的。竹笋炒螺蛳也很好吃,当然,竹笋还配得上比较有档次的菜肴。雨后的竹园里会生出许多野菇,但必须及时采拾,过时了就不好吃。经过母亲的指点,我认识了不少野菌菇,知道哪些是有毒的,哪些是可以食用的。我认识了羊肚菇、鸡腿菇等。野菇可以炖蛋,可以烧汤,有一次,母亲还用剁碎的野菇做成什锦蘑菇面,其味道也很鲜美。

到了端午节前夕,粽子就该上市了。老家把制作粽子叫裹粽子。绿绿的芦苇叶是裹粽子的必备材料,端午节前几天,下到河滩,在芦苇丛里细细地挑选,专拣那种片长面宽而且嫩的叶片,又找出上年收下的"玉草",一齐放在开水里烫,这时,屋子里就有了芦苇叶和玉草的清香味,这种味道就是粽子的预备味儿呀!

裹粽子的时候,母亲常常要在糯米里面加一些花生米、赤豆之类的东西,这种粽子就更加可口。当一盘用碧绿的芦苇叶片裹起来的粽子摆放在你的面前时,必然会满嘴生津。随手抓起一只粽子,解开,猛地咬下一大口,哪里还来得及细细咀嚼,就直接给咽下去了。

在我儿时,地里的菜蔬长年不断,且随着季节不时变换着:韭菜、青菜、葱、蒜、青豆、黄瓜、辣椒、茄子、丝瓜、番瓜、笋瓜、香瓜、菠菜、萝卜、白菜,等等,你方上罢我登场,依次种,依次吃。放学回家的时候,我时常看到母亲蹲在菜地上,或在瓜棚里,我走近了去,问她蹲在那里做什么,母亲说她在捉虫呢,瞧,这是菜青虫,这是蚜虫,这是老母猪虫,这是蜗牛……我便想帮母亲捉虫子,母亲赶我走,说:"饭菜已经好了,你先吃,吃了饭上学去!"

韭菜炒螺蛳、丝瓜炒鸡蛋、青豆炒丝瓜、韭菜炒笋瓜、豆腐烧白菜、拍黄瓜、炒茄子、炒豇豆、炒青菜……没有钱去街上买菜肴，母亲就轮换着做这些蔬菜，养大了我们姐弟六人。

　　感谢上苍让我的童年生活在绿意融融的世界里，眼睛里看到的是绿色，嘴里吃到的也是绿色，以至在我的心灵深处至今保留着这些浓浓绿意。

时光里的村庄

孙庄这个名字实在是太普通了，就像一个没有个性的人，很难让人记住。但是，它并不在乎你是否记得她，一直静静地站在那里。

孙庄是一个村。

孙庄村地处如东县西北的袁庄镇，西与如皋市仅一村之隔，北面紧靠海安市，人们送它一个名号："鸡鸣三县"。孙庄人说话被本县人称为西路口音，的确，孙庄话与如皋话如出一辙，但也有点像海安话，还有点东台口气。这也难怪，孙庄村东北边的栟茶镇清代就隶属于泰州东台。

孙庄曾经叫孙家滩，传说这里建过一座牌坊——孙家滩牌坊。牌坊的主人是孙王氏。孙家的小伙跟双甸的王姓女子定亲后便生了病，王家想赖婚，王女不从，坚持嫁给患病的孙公子，然而，未等到结婚孙公子就病逝了，王女毅然"嫁"入孙家，为孙公子终身守节，为孙家的长辈们养老送终。皇帝为褒扬王女精神，封其为贞女，并御赐牌坊一座。传说归传说，现实中并没有留下牌坊的痕迹，当地志书和族谱中也没有出现类似的记载。然而，这个故事却在孙庄村人中口口相传，生生不息。

据地方志记载，孙庄原为南黄海边的沙洲，成陆于晋代。经考证，最早到这里定居人群源于明代的"洪武赶散"。千百年来，沧海桑田，起伏沉浮，孙庄成为中国农村变迁的一个缩影。在城市化的进程中，工业化兴起和加速，孙庄也随之发生着变化。

走进孙庄，肯定绕不开一棵树，这是一棵有一百三十岁树龄的银杏，生长在孙庄村公共服务中心后，一条小河依傍着古树，且有一座小土地庙坐落在树下，古树成天氤氲着水气，缭绕着香烟，便多了几分仙野之气。孙庄的一个居民点便以大树命名为"古银杏常乐园"。

每到春天，会如约在银杏树下举办一届土地会，村民们还自发筹钱，请戏班子唱几天戏，以敬供土地老爷保得一方平安，一捆捆斗香在大树下缭绕起浓浓香烟。亲亲的乡情，浓浓的乡音，古戏文将人们带进唐宋时代或明清岁月……

孙庄村的老屋，建得不太有条理，给人一种沧桑感，看一眼便知道有了些年头。庄子里显得安静，几乎听不到多少嘈杂和喧嚷，或许声音都被周围郁郁葱葱的草木给吸纳掉了。偶尔会来一场雨，雨带着雾，像一页页屏风，次第翻过。那些摆在高处的瓦，总是最先得到冷热的讯息。瓦片承受着雨滴，会滴滴传递，由瓦檐及水沟，最终流归大海。

世界每前进一步，人类和大自然都要付出代价，包括物质的和精神的。2016年，一条横贯孙庄村全境的高速公路开始修建，孙庄村被列入拆迁范围的院落有50多户，那些曾经让数代人引以为豪的青砖黑瓦老宅，那些20世纪80年代后建成的半成新的住宅楼，全部夷为平地。异地迁居的居民点以统一格式兴建，两层小楼，白墙灰瓦，单门独户小院。孙庄，不强调什么特色，不突出个性，显示的是整体的大气。

　　也是在 2016 年，孙庄村成为江苏省的"美丽乡村"，紧接着，又成为国家级绿色村庄。这里的人不再局限于农耕，人们的生活开始从美好愿景考虑，有了更多的可能性。数百亩智能大棚的诞生，让孙庄进入现代化农业阶段。

　　新近看到一段孙庄村航拍视频，视频中的孙庄村是那么美丽，南北贯通孙庄的红星河畔，树林如同一条绿色丝带，依偎着农田，环抱着村舍，蜿蜒迤逦，给人一种想触摸一下的冲动。

　　红星河汩汩北去，纳入源头长江之水，浇灌这方土地，又带走土壤里的盐碱，流入栟茶运河，最后送进大海。红星河上有人划船，有人洗衣，有人戏水，一派天然写意。

　　高速公路上的车流不分昼夜地穿行，但这并不影响孙庄人的恬静生活，每天，依然是黎明的风把孙庄叫醒。一群鸟，聚在一起飞，像开在空中的花。田野上有许多的花，菜花、蚕豆花、稻花、葵花、小草的花，还有树上各式的花，鸟儿的花就与这些田野中的花融合在一起。

　　早上看孙庄，觉得孙庄几乎要在氤氲中飘起来，各种日常都在缭绕，包括炊烟、鸟鸣、菜油的浓香、谷物的清香、花草的异香。

　　进入孙庄，人也会飘起来，气韵爽身，心劲飞扬。

　　送孩子上学的老人，推着电瓶车从门里走出来，阳光将一老一小两人的身影映在水泥路面上；一个女孩从老屋走了出来，脚步轻轻，好像生怕惊动了屋上的瓦；篱笆上的木槿花扬着粉色脸儿……这一切，让你觉得，在孙庄，一朵花，一片叶，都有它的意义。

夕阳在屋顶覆上一层光。忙碌了一天的村庄，在路灯下渐渐安静。天的穹庐笼盖了四野，一切都在孕育。偶尔有一两声虫鸣。

我相信，经历过孙庄夜晚的人，就会变得坦然而宁静。

尽管我一直住在孙庄，却不敢说真正了解了孙庄的全部。我想以孙庄人的热情邀请更多人一起欣赏孙庄。我想穿越千年，邀李白来孙庄望月，这里的月有家的味道；我想邀杜甫来孙庄住厦，这里的风从不会卷破茅屋；我想邀骆宾王来看水，这里不只有《咏鹅》，还有《咏水》："波随月色净，态逐桃花春。"

孙庄好像对什么都不是太在乎，她就那么静静地站在广袤的江海平原上，站在芬芳馥郁的田野间，好像在等谁，又不像在等谁。

寻找母亲煮粥的声音

梁实秋在散文《粥》中说起母亲煮粥的情节,侃侃而谈,细致而多情:"我母亲若是亲自熬一小薄铫儿的粥,分一半给我吃,我甘之如饴。薄铫儿即是有柄有盖的小砂锅,最多煮两小碗粥,在小白炉子的火口边上煮,水一次加足,不半途添水,始终不加搅和,任它翻滚,这样煮出来的粥,黏和,烂,而颗颗米粒是完整的,香。"看梁先生的母亲煮粥,让我也想起我母亲煮粥时给我留下的印象。

小学时,每晚放学回家,第一眼看到的总是母亲坐在灶膛前烧锅煮粥。当年我们家的粥是没有纯米的,母亲煮的大多是糁儿粥。糁儿有好多种,几乎可以成为一个系列,什么元麦糁儿、大麦糁儿、小麦糁儿、玉米糁儿,等等。

元麦糁儿粥煮起来是一片红色,黏稠,当然要经过长时间的烧煮,也就是梁先生所说的"熬";玉米糁儿粥就不适合多烧,俗语称"玉米糁儿没血,烧熟了就喝",烧熟即吃的玉米糁儿粥是最香的。

母亲煮粥不似现在人们煮粥时水、米、糁儿一起下锅,而是多了个扬糁儿工序。先在锅里坐上水和米,待水米烧沸后再向锅里加糁儿。选一只不大不小的木瓢,舀适量的糁儿,水沸时,一只手把木瓢举到齐眉,手动瓢摇,让糁儿从瓢里慢慢溢出,洒洒扬下,另一只手握一只小勺在锅里不停地搅动,让糁儿均匀地搅进水米之中;扬糁儿时,两只手必须密切配合,准确到位。初学扬糁儿者,往往会出现顾此失彼现象,顾了扬糁儿就顾不上搅勺儿,扬糁儿的手不摇糁儿不下,搅勺的手不搅糁儿会结块,就会煮出一锅生"疙瘩"。

"扬糁儿"是母亲煮粥的一大功夫。

母亲扬糁儿时,左手高扬木瓢,右手握勺子,扬糁儿与搅勺儿相互照应,糁儿在空中飘飘扬扬,但却又无一丝飘出;勺儿把粥锅搅起一个个小旋涡,却又一滴不溅;特别是在母亲扬糁儿过程中,会发出一种奇特的"笃、笃、笃……"的响声,那声音很轻,轻得听起来好像很遥远,但却又十分清晰;那声音不紧不慢,很有节奏,令我好奇。我试图找出声源,却就是找不着,这更加让我奇怪。后来我把这事跟姐姐们说了,她们说也正为此惊奇呢,而且一直在"研究"和"考证"着母亲扬糁儿时的奇特声音。有好几次,趁母亲不在,姐姐自己煮粥,试着扬糁儿,但却就是发不出声音,我也上去试试,依然找不出答案,倒是煮出了一锅生疙瘩粥来。

由于母亲煮粥能发出清脆而奇特的声音,于是就有了一种异样的美。

在那缺吃的年代,农家多是一天三顿粥,人们一个个吃成了大肚罗汉。天天煮粥,母亲总是想方设法让粥有些变化,让一家人多点口味,比如今天在粥里放一把赤豆,明天又放几粒花生米,那粥就有了异香,尤其是她能在一锅里煮出米和糁儿粥两种粥来,这就更是不易。我祖父晚年多病,为了照顾老人,给老人增加点营养,母亲就想出在糁儿粥锅里煮米粥的方法,其实也很简单，就是用一只小纱布口袋，装上米，把袋口扎好，放在粥锅里一起煮，这样，糁儿粥里就有了"米粥"。我家兄弟姐妹几个，小时候也曾受到过这种礼遇，谁生了病或者过生日，母亲就用此法给谁开一次"小灶"。

母亲煮粥"有声"的秘密，后来终于被我们发现了。

那一年，祖父生病住了好长一段时间的医院，一天晚上放学回家，我又像往常一样，站在一边看母亲煮粥，主要是想听听母亲扬糁儿的声音。但这次却意外地没有听到，我以为是自己的耳朵出了问题，再听，还是没有！母亲看我一副神神鬼鬼的样子，便问："你发什么呆？还不做作业去！"我说："奇怪呀，你以前扬糁儿总是有声音的，今天怎么没有？"母亲愣怔了一下，过后淡淡一笑："怪不得你们几个见我煮粥，就鬼头鬼脑的，老是盯着，原来是在找声音啊！什么声音？那是我的手镯碰勺儿柄发出来的呗！"哦！原来是这么回事啊！我恍然大悟。我知道母亲的手镯是从外婆家作为陪嫁带过来的，是她最珍爱的一件东西。不过，我又奇怪了："今天你怎么不戴手镯啦？"母亲凄然一笑："爷爷不是生病住院了吗？急着用钱呢，我把手镯卖了！"

我瞪大眼睛，久久地看着母亲。母亲转过身去，背对着我说："还愣着做什么，快做作业去！"

自此以后，母亲煮粥，就再也听不到那奇特而动人的声音了！

转眼间，几十年过去，母亲也已经离开我们二十多年了，关于母亲的事情多已淡忘，但我却一直记着她煮粥，特别是她煮粥时发出的有节奏的"笃笃"声，尽管那声音在母亲生前就已经不在，但它却深深地铭刻在我的心底，从那声音里我看到了母亲的平凡和伟大。

水埠口上

苏中乡下,家家户户的小河边都有一个水埠口。

长长的一块木板,一头担于河坡,一头架在河心的木桩上,这就是水埠口了。

扣虾儿

我家的水埠口多是被我的母亲占着。

母亲在水埠口上淘米、洗菜、洗衣服。母亲做这些事情的时候,我就站在岸上伴着她,不时对水埠口上的母亲喊一声:"妈——"蹲在水埠口上的母亲跟着应一声:"哎——"我又喊一声:"妈妈——"母亲又答应一声:"哎——"就这样一呼一应,有时候母亲被我喊得烦了,也会骂一声:"喊,喊什么哟,要吃奶哟!"母亲与我在水埠口上的呼应,成了对故乡最初的记忆。

母亲离开水埠口,那里就成了我们的嬉戏天地。从家里扛一根自制的钓竿(自家竹园里砍下的青竹,竹梢上系着妈妈纳鞋底的一段鞋绳作渔线,鱼钩也是妈妈的缝衣针在灯头上烘弯的),

站在水埠口上做起了"钓翁"。春末夏初的日子里,我们会趴在水跳板上扣虾儿。

水跳板下是一眼见底的碧水,我们看到水底下有小鱼游来游去,如带的水草上有螺蛳爬着。最好玩的是大青虾,它们一动不动地匍匐在水草丛中,只有触须在不停地"扫描",它们自以为藏得很隐蔽,其实早被细心的孩子看见了。我们蹑手蹑脚地走进芦苇丛,折一支长长的芦苇,抹去苇叶,只留下芦苇的顶芯,又将苇尖做一个活结,然后把它伸向水底,悄悄挨近虾尾。虾们是十分机警的,一有异常动静,它就会弹跳逃窜,而且每跳一下总不下半米甚至一米,你想追是追不上的。但是,虾儿们有一个弱点,它总是只注意前方的袭击,往往忽视了后面潜伏的危险,每有动静必是向后弹跳,我们早就掌握了虾儿的行动规律,便采取声东击西的办法,先用一根小草茎在虾儿的前面轻轻地搅动,以此引得虾儿节节后退,直至虾尾钻进了伏击圈——芦苇扣子,便迅速地将扣子轻轻往上一提,并随之朝岸上一甩,那虾儿便被甩到了岸上。

扣虾儿培养了我们的耐力。因为扣虾,我们常常在水埠口跳板上一趴就是小半天,跟虾儿们斗智斗勇。扣虾儿培养了我们的毅力,也增长了我们的智慧。

当然,扣虾也有落空的时候。比如:当"虾扣子"伸到虾尾的时候,虾儿却不按常规路径逃跑,而是如螃蟹般爬行,结果被它逃脱了;或者,虾扣子没按好,只扣住了虾儿的一小截尾巴,提的动作慢了,被它滑脱了;抑或,虾扣子断了,虾儿带着一截苇扣溜走了,等等,这种事就常常发生在我的身上。我承认我不是个扣虾儿的好手,总是因为性急,迫不及待地提扣,或者动作笨拙,被虾儿发现,所以常常扑空,因此,我知道我的未来是成不了大器的。在儿时的伙伴中,功成、六圣等人都是扣虾高手,所以,他们的家人在那个食物匮乏的年代便时常有水煮虾打牙祭。

扣虾儿好玩,虾儿也很好吃,尤其是煮熟以后的那一身红,太诱人了。

揩鯵鱼

鯵鱼给人的感觉有点轻浮。鯵鱼们喜欢热闹,只要水面上有一点动静,它们便会随之围拢过来,或者惊慌地逃走。鯵鱼的身体似乎永远地清瘦,似乎永远地轻盈婀娜,它们的行动总是显得那么轻快而又灵活。

在我儿时乡下单调的日子里,鯵鱼曾给我带来许多快乐。

春天的鯵鱼最为活跃,我时常站在水埠口的跳板上痴痴地看鯵鱼们表演,它们在水下互相追逐,纤细的身体,在太阳底下像柳叶一样忽上忽下地闪光。我更喜欢秋日的黄昏,坐在水跳板上,观赏晚霞下鯵鱼们嬉戏的场景。傍晚时分的河面很静,水面上已经出现一层薄薄的雾,我随口吐出一口唾沫,成群结队的鯵鱼便蜂拥而来,这时,鯵鱼们会在水下表演各种技巧。它们的姿势变化万千,我时常痴看着而忘记了时间,总是在母亲的一声声呼喊中才忽然惊醒。母亲的叫声也惊扰了河里的鯵鱼,它们立马呼噜一声,不见了踪影,不过,只是片刻,它们就又转了回来,重聚一起,继续将水中芭蕾掀起一个新的高潮。

夏天,我们在水埠口洗澡,鯵鱼们就顽皮地围绕在我们四周,它们一会儿聚,一会儿散,我们游戏时,它们不知道躲在何处,当我们停下来时,它们便趁你不注意,突然用嘴在你赤裸的身体上这里戳一下,那里捣一捣,你想抓它时,却又倏地滑了过去,没入水底,这让我想起了当年抗战时八路军惯用的"敌进我退,敌疲我扰"的游击战术,于是愤愤地爬上岸,回家扛来了鱼竿,又在茅坑上拍几只红头苍蝇,再回到水埠口,将苍蝇挂在鱼钩上,然后狠狠地甩向河心,开始了一场人与鳑鱼的较量。

鳑鱼们一律好吃,鱼钩一落水,它们便窜了过来。但它们又很狡猾,并不是一口就把钩子吞下去,而是你争我夺,把水面弄成一锅粥,当你发现鱼钩在沸腾的水中下沉时,猛地一提,却发现上了鳑鱼的当,钩子上是空的。当然,有时也会有一两条倒霉蛋挂在鱼钩上,被我提出水面,撂到岸上。

钓得多了,我便有了经验。钓鳑鱼动作跟钓其他鱼不同,关键是速度要快,几乎是入水即提,而且是一提就甩,所以这个动作就必须是"撂"。我们方言里的撂鳑鱼的"撂"含有提、甩两个动作,而且必须是连贯的,不能有丝毫犹豫。因此,撂鳑鱼时人必须全身心地高度投入,心无旁骛,所以,这个时候时常会发生孩子溺水的悲剧,往往是只顾了鳑鱼,而忘了安全。在我家,我的哥哥就因钓鱼而淹死。

所以,为了安全,母亲总是不允许我一个人单独在水埠口上,想撂鳑鱼得跟其他几个人一起。于是,我就有了几个撂鳑鱼的伙伴,我们几个人的正常做法是,撂得少的人自动把自己的鳑鱼并给撂得多的人,这样,撂得多的人便可以拎几条回去,或煮或蒸,这可是一顿难得的美食呢。不过,在与功成和六圣一起撂鳑鱼的时候，这一做法往往被颠倒过来，时常是揣得多的他们将鳑鱼并给我带回去，不然，我就很难吃上一次鳑鱼了。

敲鳑鲏儿

水埠口上时常会有渔船经过，当然都是一些小渔船。

看渔家捕鱼很好玩，譬如鱼鹰抓鱼、渔网丝鱼、网簖拦鱼，等等，最可爱的是一种一路发着"哐当哐当"声响的小渔船，他们一路响过来，又一路响过去，开始，我不知道他们是在干什么，觉得有趣，便迎来送往似的跟在小船后面。有时也问船家，但船家一律不是本地人，说的什么我一句也听不懂。他们这是在做什么的呢，难道就是为了好玩？

回家问祖父，知道这是敲鳑鲏儿的鳑鲏船。

敲鳑鲏儿，多么有意思，为什么要敲鳑鲏儿？渐渐看出，在小木船的后面还拖着一口网，又发现，那响声发自弄船人的脚下，他手里撑船，脚下踩着一块两头悬着的木板，颠来倒去不停地击打着船板，便发出了"哐当哐当"的响声。哦，一定是河里的鱼听到震响，受到惊吓后纷纷逃窜，结果，钻进了船后的大网！

因为经常有敲鳑鲏儿的小渔船来，小河里便有了生机。

我忽然变得勤快起来，非要帮助母亲到河边去做家务事，洗菜呀、淘米呀，等等。母亲不放心我一个人下河，便让姐姐跟着。我把淘米的淘箩浸入水里，用手在淘箩里搓几下，一股乳白色的汁液便在清亮亮的水中荡漾开来，一群银亮亮的浑身几乎透明的小鱼就拥了过来，它们在乳白色的汁液中上下穿梭。别看这些家伙只是笨笨地在那里吧嗒着嘴巴，其实它们机警着呢，我试图用手去抓它们，它们并不逃，只把尾巴甩一甩，身子侧一侧，就灵巧地闪过，然后又回过头来继续吮吸。我认得这些鱼，它们都是条叶状的小鲹鱼，调皮得很，也油滑得很。鳑鲏儿跟小鲹鱼不同，相比之下，鳑鲏儿要安分得多，它们也是成群结队地过来，却不像小鲹鱼们那样放肆，只要我一挥手，它们就会立刻沉下水去，好一阵子才又探头探脑地冒出水面，先是一条，然后又是一条，渐渐地聚成一群，看我不去看它们，才稍稍放下心来。与小鲹鱼相比，我觉得这些鳑鲏儿就像是一群结伴而行的小女生，有点害羞，又有点好奇。

我很喜欢这些可爱的小家伙们，扁扁的椭圆形身体上，长着一个不成比例的小脑袋，一片小树叶似的，在水里漂来漂去。鳑鲏儿也就一两寸长，我从没见过长到更大的，好像它们永远也长不大。我很想捉几条鳑鲏儿上来玩玩，就悄悄地将米淘箩沉到水下，待几只鳑鲏儿游进淘箩的时候再慢慢地向上提，待接近水面的一刹那，我突然把淘米箩朝上一拎，无奈我快它更快，好几次，都在我快把它们提出水面的那一刹，只见白亮亮的鳞片在我眼前一闪就不见了。

有了这样的体验，我到小河边"做事"的劲头更足了。

功夫不负有心人，后来有几次，总算有几只鳑鲏儿落入我的淘米箩。小鳑鲏鱼真的好漂亮啊，有的鱼的鳞片上还有鲜艳的红点子，太阳照在上面，会发出彩虹一般耀眼的光来。

冬天里，祖父会向船家买几回鳑鲏鱼，煮成冻鱼作下酒的菜（如果醮上面粉下锅煎炸，味道就更好了，可惜很难吃上）。我会在母亲加工鳑鲏鱼的时候当她的助手。我发现，鳑鲏鱼的肚子很容易烂，离开水不一会，那肚子就腐了，因此，剖螃鲏儿一般不需要用刀，只要用手轻轻一挤，鱼内脏就流了出来。

敲螃鲏儿的人在我想象中是那么神秘而又有趣，他们敲打得浪漫，而且天天有鱼吃，该是多么惬意，殊不知他们的日子其实很艰辛。记得祖父曾哼唱过这样一句山歌词："船家日子好难熬，没日没夜水上漂，哥在船头敲螃鲏儿，妹在船艄炒麸皮儿。""那他们为什么不到岸上生活呢？"小孩子永远有问不完的问题，祖父说，他们的家就在这水上，陆地上没有他们的家，属于他们的除了水还是水。

哦，敲螃鲏儿原来一点也不好玩！

拎癞宝鲨

冬天的水埠口上不冷清，因为，那是拎癞宝鲨的季节。

癞宝鲨，样子有点像黑鱼，浑身肉滚滚的，头的样子很凶，故又名虎头鲨。据说杭州人还叫它"土步鱼"，并举出《随园食单》为证：杭州以土步鱼为上品……肉最松嫩，煮之、煎之、蒸之俱可，加腌芥作汤，做羹尤鲜。据考证，这种土步鱼就是我们家乡的癞宝鲨。

拎癞宝鲨需要一种专用工具——癞宝鲨簏子（如东方言陆子）。癞宝鲨簏子的造型独特，但做法很简易。将两片弯形小瓦对捧着构成一个卵圆形，捆好，平放在一片旺砖上（一种薄形砖），拴牢，里面放一段蚯蚓之类的东西，然后用一根长绳子系在水埠口的木桩上过夜，到第二天早上起个早，到水埠口上一拎，说不定就能捕到一条"癞宝鲨"。癞宝鲨鱼笨（一说懒），当篢子提上来了,它还赖在篢子里一动不动,或者它已经把这里当成自己的家了。这种捕鱼生活能培养孩子的早起习惯,因此,很得大人们的支持。

我拎癫宝鲨篢子是跟我的祖父学的,最初的工具也是他做的。自从开始拎癫宝鲨篢子以后,我早上难起床的恶习便改掉了。但祖父很担心我的安全,我每天早起到水埠口上拎篢子,他必是陪伴左右,我则不喜欢他跟着,觉得自己拎到的癫宝鲨还有祖父一份。后来,我自己也学着制作起癫宝鲨篢子来,有几年冬天,我会同时在几户人家的水埠口投放好几只癫宝鲨篢子。功成和六圣他们也是拎癫宝鲨篢子的,但他们说他们根本就不屑于我家附近人家的水埠口,我知道他们是有意让给我,他们不拎,让我有机会拎到更多的癫宝鲨。在那些年冬天的早上,水埠口上留下了我一行又一行湿漉漉的脚印。

后来读到一首竹枝词:"瓦盆重叠漾清波,赚得潜鳞杜父名;几日桃花春水涨,满村听唤卖鱼声。"才知道原来癫宝鲨还有个别名叫杜父,才知道"瓦盆重叠"的捉癫宝鲨方法古已有之,并非祖父的原创。

腊　味

进入腊月，乡村里就弥漫起一股浓浓的味道。

腌制肉类食品大概算得上苏中农村最具特色的过年准备了，他们的方法很原始，就是把鲜肉撒上盐封闭上十天半月，然后拿出来晾晒风干就成了。经过年复一年的制作实践，人们发现，在腊月里腌制的东西具有一种独特味道，比如腊肉、腊肠、腊鱼、腊鸡，等等，他们说这就是腊味。人们甚至说，就连那在腊月里蒸制的馒头味道也与常时不同，于是，把它命名为"腊水馒头"。而在腊月里酿制的米酒以其味道纯正，被他们称作"腊酒"。就是说，凡是腊月里乡间产生的食物，都带有腊味。

其实，腊味并非新创，纵观全国几大菜系，无论是淮扬菜、京鲁菜，还是川菜、闽粤菜，不论是常式的还是怪味的，传统的还是新潮的，都离不开腊味，一个"腊"字里面带有一种浓浓的情意。

腊制食品，最初源于乡村，后来逐渐进入城市，城市是受了乡村腊味的包围，才终于有了腊的意识。现在，城市街头往往也有了"腊"字封号，某广告牌上就赫然写着："新有腊味上市"。

腊味的制作工艺并不复杂，只是在有些关键的工序上不能马虎。比如腊肉的制作，从肉铺里买回整块的猪肉，经过去骨处理，切成条状，然后把盐和花椒炒黄炒香，摆冷后抹在猪肉上（猪肉不能用水洗），抹遍了放在坛子里，封闭二十天左右，等咸味香味渗透入肉，再拿出来放在太阳下晒，放在风头上吹（切不能让雨淋），冬日的太阳不毒，但风头劲足，那肉就成了晒干和风干的结合体，于是，那肉就具有了腊月独有的香味。

相比较而言，腊肠的制作稍稍麻烦一些，先要将猪肉切成拇指大小的条状，然后加入曲酒、盐、糖、味精、姜汁、五香粉等佐料拌匀，腌制一会儿后再灌入洗净的猪小肠里，灌好后用细纱绳子分扎成一小节一小节，再把它们晾在竹竿上，等到肉肠风（晒）干、变硬，到时蒸熟，就是引人垂涎的腊香肠了。

家父曾是制作腊水馒头和腊酒的好手，小时候看父亲做馒头是很带劲儿的。先是合酵水（这些工作一般由母亲这个助手角色承担），这需要持续一个星期左右时间，这些天母亲会用籼米煮粥，用来投酵，籼米粥无渣，合成酵做成的馒头口感更好也更好看。待酵水充足了，有劲了，才把磨好的小麦面粉和上，装在酵缸里等待发酵。和酵是父亲的事，在我年纪稍长的时候，也曾帮助家里踏酵，踏酵的目的是将整缸的酵面完全和匀。待父亲将和好的几块酵面放到发面缸里，就到了我踏酵的时候了。还记得第一次踏酵的情景，在我未下酵缸前，父亲吩咐我，开始踏酵后双脚就不能停下来，一旦停下，就会深陷酵面中不能自拔。果然不出父亲所料，我开始还好，踏得很带劲，只一会儿，就累了，稍一停顿，双脚就被酵面裹住了，拔起这只脚又陷了那只脚，不得不求母亲来帮我拔，引来一屋子的笑声。为此，我还编了一段踏酵的顺口溜："踏酵是道关，两脚不能慢，你慢它就陷，左陷右陷,陷、陷、陷……"

我家每年蒸馒头,打"笼锅"是祖父的专利,老人家坐在灶台后面,呼哧呼哧地拉风箱,灶膛里的火光把他的脸映得通红,这时的我往往会挤坐在祖父的身边,帮他拉几下风箱,眼睛却直直地盯着蒸笼,等待着馒头出笼。祖父一边拉一边教我唱一首儿歌:"楼台搭楼台,层层叠起来,上面白云起,下面红花开。"儿歌里充满了一股浓浓的腊月气息,每到唱起这首儿歌的时候,我知道年就离我们不远了。

刚出笼的馒头要先放在芦苇帘子上晾,这时,整个屋子里就腾起阵阵"白云",弥漫着浓浓馒头香,我们一个个如同仙人一般,在缭绕着的"白云"里飘来飘去,忙着给馒头点上一个个红点儿。

父亲年年帮助人家做馒头或做米酒,每年从腊月初十到二十五,父亲几乎天天在人家忙,在那段日子里,父亲曾把多少欢乐带给乡亲,把多少腊味送入邻里。

父亲制作米酒的技艺总是秘不外传。他制作的米酒,总是以香、醇、甜而迷人。一个大年三十的晚上,一家人吃年夜饭,我由于贪吃了几口米酒,以至祖父叫我守岁,让我拜菩萨、拿压岁钱时,我却早已呼呼入睡,完全沉浸在米酒的香梦里。

乡村的腊味,成了城市的牵挂。年根岁底,离乡进城的乡下人纷纷回到老家,品味腊味,品味腊酒,仿佛是在咀嚼乡村味道。过年以后,回城路上,人们常常提着一大串香肠、一坛米酒,或者背着半口袋腊水馒头,于是,腊味便在都市里慢慢飘溢、渗透……

多少年享受腊味,多少年品味腊味,终于对腊味有所发现,原来，这腊味是冬日里柔和的阳光和强劲的北风的结合体，是对传统的年有着一往情深深深执着的人们的劳动结晶，那味道尤其深深地烙在身处异乡者的心里。

其实，腊味不只单纯是一种味，仅仅把腊味归类于一种味，那是不贴切，也是不完整的，因为腊味它如同端午的粽子、中秋的月饼，如同九月九的酒，它包含着一种民俗文化，一种家的味道，一种故乡情结……

现实生活中的我时常有机会领略飞禽走兽之味，偶尔也可食乌龟王八、生猛海鲜，但我却就是无法忘记腊味。妻子哂笑我是贱嘴贱命。有一年，妻子在看我制作了一坛酸米酒后，更是大笑不止："你呀，就会享受，你还能制作腊味么！"

是的，腊味在我心里是一种至上之味，我无法炮制它。

路的故事

暑假期间，老伴和孙女从外地回来，我开小车去南通机场接她们。路上，孙女看着车窗外闪过的树木，拍着小手说："爷爷你看，那些树在向我们飞来飞去，它们是在迎接我们吗？"

孙女欢呼的是车速，我却情不自禁地想起老家道路的变化。于是，我一边开车一边跟孙女儿讲起老家乡村道路变化的故事。

我的老家原来在一个塥上，塥上零零散散的住着 5 户人家，我家住最东首，前面有一户人家，要出门得从前面人家的屋子旁边曲里拐弯地才能走到码头上。这路平时就很难走，遇上下雨天就更糟糕。塥上的土是老土，天旱的时候既干又硬，路面上疙疙瘩瘩，下雨天，路上的泥既黏又滑，脚上的鞋常常陷在烂泥里拔不出来，或者不小心摔在泥地里，弄成个泥猴子。因此，每逢下雨天，我就只好将鞋子拎在手上赤脚跋涉。我就是在这种环境中度过了童年和少年时期。

1976 年，我参加工作，出脚路依然没有改变。我家有一辆旧自行车，晴好天气我骑着自行车上下班，尽管路窄不好走，但还能凑合着走，到了雨天或者冬天解冻的时候就麻烦了，即使是小雨天，出门时都必须带上一根小木棍儿，每走一小段路，就停下来用小木棍剔除轧在轮胎和挡泥板之间的烂泥巴，有时候推得一身臭汗，实在没办法，就只好将自行车扛在肩膀上走……那个年代，人们因路的问题，下雨天就不敢出门。老家人有一句关于出行的顺口溜："晴天一身土，雨天两脚泥。"这就是老家道路的真实写照。

1978年，党的十一届三中全会以后，家乡的变化加快了，改革开放给人们在衣、食、住、行等生活方面带来了翻天覆地的变化。老家乡村的路开始是十几年一个变化，接着是几年上一个台阶。20世纪80年代，我家搬到住宅线上，门口修通了一条机耕路，出脚路有了很大改善。袁庄镇通往县城掘港的路铺上了砂石，成了砂石公路，虽然开起车来颠颠簸簸，车后扬起漫天的灰尘，但人们还是十分满足，好快呀，去一趟县城从过去的四五个小时变成现在只要两个小时了。90年代，通往县城的公路拓宽了，砂石的路面换成了柏油路面，路就更好走了，我家门口的机耕路也拓宽，铺上了柏油。进入21世纪，袁庄境内相继修起了S335线和角林线两条省道，人们出行更为方便，而且，海洋铁路也修到了袁庄。前年，横穿袁庄镇的海启高速公路又开始修建……现在，家乡的道路已经是四通八达。

老家的人没有忘记家门口的那条出脚路，把它视作是家乡的一条"致富路""脱贫路"。

21世纪以来，国家投资搞了一项惠民工程——村村通，这是新农村建设的一项重要举措，是一项民心工程，所有村庄都通上水泥路或者柏油路，这不仅解决了人们出行的问题，也打破了农村经济发展的交通瓶颈。现在的袁庄镇，不但村村都通了水泥路，通了客车，而且全镇农村户与户之间也都通上了水泥路。老百姓的心里甭提有多高兴,看到家门口铺上水泥路,路边还栽上树,又安上了路灯,人们从内心感激:"共产党好,改革开放好,国家惠民政策好!"

一路走着说着,不知不觉间汽车已经开进了老家的村子——孙庄村。进村的那段水泥路原本 3.5 米宽,前年又拓宽为 5 米,人们不必再为会车而担心,开起来特别舒畅,车子开到家门口,一看时间,仅仅用了不到一小时。妻子一边下车一边感慨地说:"真的不敢想象,记得 40 年前,我跟几个朋友从南通坐挂桨船回家,100 多里路,用了整整一天时间!"

家乡交通的变迁,是祖国改革开放以来的一个缩影。道路,在人们心中不仅仅只是通行的功能,它更是承载人们的梦想和希望所在。

孙女激动地说:"爷爷,您讲的故事真好听,以后我还想听您接着讲。"我被孙女童声稚气的话语感染了,喜不自禁地说:"好的,今天我讲的是新中国成立以来道路的变化,以后我还要给你讲吃、穿、住等方面的更多更美的新故事。"

过年茶食

茶食曾经是人们过年必备的年货。

过年茶食不一定因喝茶而吃，更多的是作为点心食用。新年来了拜年的晚辈，长辈拿它作点心，表示谢意。

客来敬茶是传统的礼节，过年家里来客人，不但要敬好茶，还要配上像样的茶食，这既是对来客的尊重，也是体现主人的体面。

计划经济年代，买过年茶食曾经是冬日一景。过年茶食是要凭票供应的，这些凭票供应的茶食属于档次比较高的，比如，过年每户可以买两斤桃酥，两条云片糕。麻饼、京枣则敞开供应，因此，这些不要票的茶食就相应的低了身价。由于物资匮乏，每常有过年茶食供应，必是要排队。到了农历年年底，人们就开始留意大队代销店，或门前贴出告示："明天本店有茶食供应"，第二天一大早，店门口就排成一条长龙。

茶食往往对老人和孩子最具诱惑力。桃酥饼以酥脆而深受老年人青睐，云片糕则因带一个"糕"（高）字，充满吉祥意味，而成为过年的美好寓意，这两件东西都很抢手。相对而言，麻饼、麻圆不及桃酥的酥脆和香甜，京枣的观感又不及桃酥来得庄重,而且,京枣质地比较硬,不太适合老年人,但用来骗孩子很好。京枣还因它的外表粘有红糖或白糖而被称为红糖果子或白糖果子。

那年,代销店卖茶食,我自告奋勇起早去排队,这时候我大概十二三岁。我虽然起了大早,5点多钟就去了,但拿到的号头还是很落后——37号。发号头的时候,代销店人员声明,号头虽然发了,但因为货源不足,不能保证每个人都能买到,不过,如果今天买不到,这个号头明天还作数。前来排队的大多是些孩子。孩子们都说是要为过年做点事,其实,更重要的是想先看看茶食,吃不上,闻一闻茶食的味道也是好的,以先睹为快。

人们就站在满地清霜的冻地上等待。西北风冷飕飕地扫在人们的脸上身上,排队的人缩着脖子,拢着袖子,口中呵着气,脚上穿毛窝的人还好些,没有暖鞋又没有毛窝的孩子,脚趾头已经露在破鞋子外面,冻得直跺脚,呆呆地巴望着代销店快快开门,可代销店的门就是迟迟没有动静。谈吃往往是最好的取暖方法,孩子们一边跺着脚,一边以谈论茶食御寒。锁儿说,他妈妈让他买3斤麻饼,等麻饼一到手,他就先吃它半斤,也算是对自己挨了这场冻作补偿。二宝说,云片糕最好吃,一片一片的薄如纸,甜甜的,酥酥的,里面还有果仁的香味,他一次能吃一条。三儿说,他最喜欢吃的是红糖果子,嚼起来咯嘣咯嘣的,又甜又脆……他们说得起劲,仿佛已经吃上一般香甜,直听得旁边的小孩子不停地噎口水。

代销店的门终于在他们的谈笑中打开,接着,前面的队伍开始蠕动起来。这时,我的眼前出现了往年大年三十祖父敬菩萨的情景,祖父将茶食装在一只只茶食盘里,摆放在佛像和祖宗牌位前，秉上香烛……好闻的茶食香味随着缭绕的香火味在屋子里飘散，我嗅着鼻子在祖父的指点下为菩萨和祖宗们叩头。等敬完菩萨，我就可以食用那些香甜可口的茶食了。

"没有了，店里没货了。大家记住了，明天从 35 号开始。"正当我想着茶食敬菩萨的时候，忽然听到店里一片叫声，队伍随着叫声乱了一阵就又恢复了平静。我无奈地反反复复看着手里的 37 号票，在我的手里捏了半天的号头，成了明日黄花。没有买到茶食的心情是可想而知的，尤其是在排了半天队，冻了一早上，待终于轮到自己的时候戛然而止。我的眼泪都快掉下来了，耷拉着脑袋悻然而归。路上，锁儿给了我两块麻饼，让我解了一下馋，抚慰了一下我冰凉的心。

买过年茶食的事已经过去近半个世纪，至今想来依然清晰，可想这吃的事真的很难忘记。

过年吃茶食这道旧俗依然在如东乡间延续。不过，排队买茶食的事已经不再有，人们对茶食已经没有我们童年的时候那么上心，而且，茶食的品质也不可同日而语。

晚年的父亲爱吹牛

晚年的父亲忽然吹起牛来,那时我已过而立之年。

小时候的我一直被祖父宠着,父亲很少过问我的学业,父亲一管就免不了要挨祖父的骂:"你还说孩子,你念的书呢?"父亲便低了头不再作声。其实,父亲小时候是读过书的,父亲上过私塾,读过《大学》《中庸》。有好几次,在我考试复习之际,父亲给我背"赵钱孙李,周吴郑王,冯陈诸卫,蒋沈韩杨,朱秦尤许,何吕施张……"背"天地玄黄,宇宙洪荒,日月盈昃,辰宿列张,寒来暑往,秋收冬藏……"当时我不知道他背的是什么,只知道他口中念念有词,背得很长很长,觉得他是在我面前炫耀,这也成了一种激励。

祖父视我为掌上明珠。在祖父眼里,我就是个小神童。童年的我很会读书,小学时一直是班上的三好学生,担任班长、学习委员之类,祖父对我的未来是抱有很大期望的,可惜的是我少年时代遭遇了"文化大革命",没能走进大学校门,这让祖父十分遗憾和无奈。几年以后,当村子里有人被推荐去上工农兵大学时,祖父必是要追过去跟人家拼抢一番,结果总是被弄得鼻青眼肿,祖父为此而十分恼火,回来后就骂一通父亲,骂父亲无能,说人家的孩子能够读大学,都是因为"老子英雄儿好汉",说人家的孩子能读大学都是因为老子有好的社会关系。父亲只是嗫嗫嚅嚅,哼哼啊啊,没有半句解释和分辩。

没想到晚年的父亲竟然学会了吹牛。

父亲第一次吹牛是在我通过成人自学考试的时候,这一年我已经35岁了,父亲六十有三。父亲知道后,高兴得什么似的,简直比他通过了考试还要得意,逢人就夸说:"我儿子考到大学红本本了。"我跟父亲说:"不要在人面前吹牛,没有什么好吹的!"父亲像做错了事的小孩子一样,脸一红,期期艾艾地说:"这是事实嘛!"

父亲吹牛,无形中给了我压力,外人不知道我取得了学历时,我就老百姓一个,踏踏实实做点事,倒也无妨。可现在是一个有着大专学历的人(在当时来说,大专算是高学历了),不做出点什么来,似乎有点说不过去!

那时候我在乡灌溉站当值班工人。灌溉站值班人员是个闲差,机器一开,有的是时间,可以打牌,可以睡觉,也可以喝酒聊天……我没有虚度时光,将空余时间利用起来读书,这段时间,我读了不少书。我读的书很杂,见什么书读什么书,读得最多的是文学作品。我在灌溉站工作了十年,这十年间,但凡我有了点成绩,都是父亲吹牛的资本,我获奖了,父亲要吹;我调资了,父亲要吹。39岁那年,报纸上发表了我的第一篇散文作品,父亲听说了,就又开始吹牛了:"我儿子写的东西上报纸了,我儿子写的东西上报纸了!"他恨不得整个世界的人都知道这件事。

其实那只是县里的一个小报纸,现在想来实在有点脸红,但父亲却大言不惭:"全县有上百万人呢,文章能够登报的能有几人?"我真不知道怎么说父亲,这时的父亲已经年近七十了,我不忍心责怪他。

有什么办法呢,加劲努力呗。

渐渐地,我的文章得到更多人认可,后来又被省市一些报刊录用。父亲不知从哪儿得到消息,少不得又是一通吹牛。但这时候父亲的"市场"已经不大,他所能"宣传"的范围只有他们那班老头老太太,而且人们大都已经知道,甚至比他知道得要早得多:"你儿子的文章啊,省里的刊物上也有咧!"父亲回来问我这是不是真的,为什么不早点告诉他。我说:"告诉你做什么呢?你又吹牛去!"父亲听了一点也不生气,咧开豁了牙的嘴笑着说:"我吹牛还不是为你!"

"为我?"我不解。

父亲说:"我吹牛就是为了赶你努力往上走咧!"

听了父亲的话,我恍然间明白了父亲的良苦用心。

海　味

有人把如东的吃跟香港的玩联系在一起，叫作"玩在香港，吃在掘港"，这话似乎说大了点，不过，如东人对吃的讲究，确实是出了名的。相传清代乾隆皇帝下江南时，曾经御封如东的海产品文蛤为"天下第一鲜"，自此，如东的海鲜就算有了"品牌"。

如东地处长江的入海口，属于南黄海海域，由于江水和海水在这里交汇，便形成了一种独特水质，使这里拥有了许多世界鲜有的海产品。其海鲜产品达数百种之多，最著名的有文蛤、紫菜、泥螺、沙蚕、缢蛏、脊尾白虾，等等。聪明的如东人"靠海吃海"，他们充分利用南黄海得天独厚的自然资源，开发出有其自身特色的海洋渔业产业，而且他们不断开拓创新，一边围海造田，开垦出数百万亩滩涂，一边加强产品开发，优化产品结构，坚持自然繁殖和人工养殖相结合的办法，实行产、养、加工一体化。经过半个多世纪的顽强拼搏和艰苦探索，目前已经利用的滩涂养殖面积达一百多万亩，其中，仅文蛤养殖就达到60多万亩，紫菜养殖10多万亩，还有梭子蟹和竹蛏等珍稀海产养殖。

如东海鲜烹饪方法上讲究煮、蒸、氽、炝、炸、烩、熘、腌、煨、焖等多种技法，有时单一使用，有时兼容并蓄，在众多的烹制方法中尤以炝、炒、煮、煨用得最多。但无论用何种加工手段，主料及本味不能失去，在口感上讲究本色本味，咸鲜平和。

　　文蛤——"天下第一鲜"美名不虚传。文蛤系贝类，外壳呈扇状，花纹五彩斑斓，凭它美丽的外壳，就会让人生出种种遐想。而它的细嫩肉质，鲜美味道，更给了美食师傅们大显身手的空间。他们或将其作为主菜，以旺火爆炒；或作为配菜，调色提味，制作成汤菜；或剁成肉泥，制作成饼……如此种种，让食者感受到一种独特的如诗般的意境。宋代大文学家欧阳修曾有诗赞文蛤曰："璀璨壳如玉，斑斓点生花。含浆不肯吐，得火遽已呀。共食惟恐后，争先屡成哗。但喜美无厌，岂思来甚遐。"食客们遐想翩翩，为各式文蛤菜肴冠之以"花园聚会""百雀争鸣""雪里藏娇""铁板迪斯科"等美名。

　　竹蛏系如东传统特色菜。在如东民间，一直流传着"海鲜当数蛏领头"的说法。我生于如东，自幼是吃"竹蛏干儿"长大的，对竹蛏有着特殊的感情，心里常常萦绕着这样的画面：七八个人围成一桌，八大碗、蛏领头，就着老白干，一个个喝得东倒西歪。如东鲜竹蛏，其形似竹管，壳色嫩黄，肉质洁白如玉，柔嫩无比，其味既集海味之大成，又独具风韵。清代谢墉曾赋诗赞叹："眉目浑成银烁烁，肌肤嫩极玉溶溶。"鲜竹蛏可炒食，亦可清蒸。但我们小时候吃得比较多的还是"白煨蛏干"。白煨蛏干是一道地道的如东乡里家常菜，在制作上来不得半点马虎，必需的工序一道也不可少：浸泡、醒汤、爆炒、煨制……而且对佐料、配菜、火候也十分讲究。古镇栟茶有一位专门制作竹蛏烹饪大师叫作王二小，他所烧制的白煨竹蛏汤"贵妃出浴"风味超然，驰名全国，据悉已被收入《中国名菜大典》和《中国名菜谱》。

"西施舌"是蜚声海内外的珍馐。西施舌原产于福建，曾被列为朝廷贡品。相传，越王勾践灭吴后，他的夫人偷偷叫人将西施绑上石头沉入大海，从此，沿海便出现一种肉似人舌的海蚌，大家都说这是西施的舌头，故把这种海蚌叫作"西施舌"。郁达夫在其美文中盛赞西施舌："色白而腴，味脆且鲜，以鸡汤煮得适宜，长圆的蚌肉，实在是色香味形俱佳的神品。"元朝的《云林堂饮食制度集》中有西施舌烹制方法的记载："用蛤蜊（西施舌）洗净，生擘开，留浆别器中，刮去蛤蜊泥沙，批破，水洗净，留洗水。再用温汤洗，次用细葱丝或橘丝少许拌蛤蜊肉，匀排碗内，以前浆及二次洗水汤澄清去脚，入葱、椒、酒调和，入汁浇供，甚妙。"可见，西施舌自古就是的海鲜中珍品。由于黄海与南海水质的不同，又因南黄海滩涂泥沙跟南海滩涂沙子之区别，故如东西施舌较之福建西施舌又有了差异，食客们称如东的炒西施舌其味之鲜美，全世界仅有意大利的象拔蚌可与之比美。典雅清高的西施舌，被人们冠之以海鲜中的"阳春白雪"。

清蒸梭子蟹是又一道绝佳海味。清蒸梭子蟹过去曾是农家家常菜肴，制作方法极简：用少量热水，水中放入适量料酒和葱姜，将洗净的梭子蟹蟹腹朝天摆入锅中蒸煮，至熟即可。但中途不可揭锅盖，时间把握上须恰到好处，过短则不熟，过久则蟹肉发老变干。据中华菜系苏菜资料介绍："梭子蟹味道鲜美，用清蒸的方式烹制系原汁原味。"此外，梭子蟹营养丰富，含有丰富的蛋白质、脂肪及微量元素，有很好的滋补作用。或者是借助了媒体的推介，如今的梭子蟹以其独特的鲜美之味，走进了高档名菜行列，因价格昂贵而不再平民化。

汤煮盐水海虾、清蒸黄鱼、炝泥螺、虾饼、椒盐皮皮虾、紫菜汤……如东的海鲜之味之美，不是一日两日可以列举数说的，在这里，既有"领头"的竹蛏之美，又有与之并称如东海鲜双璧的"天下第一鲜"文蛤之味，更有享誉海内外的新宠西施舌之香，还有小春鱼、大黄鱼、泥螺、鲳鱼、紫菜、沙蚕等众多名品珍馐，海鲜百味，一味鲜过一味，一味胜过一味，果然是鲜香绵绵，余韵袅袅。

享海鲜之美，让人常有飘飘欲仙之感。清道光年间姜灵煦先生赞道："河鱼哪敌海鱼多，本港海鲜胜比它。"据科学家测定，江海交汇处，浮游生物特别多，饵料十分丰富，加上咸淡适宜的水质、适度的水温，更有一条由低到高的发达生物链，十分适宜鱼、虾、蟹、贝、藻类的生长，由此形成了"橘生淮南则为橘，生于淮北则为枳"的独特现象，如东海鲜独此一家，海鲜烹饪独树一帜。仅以东沙海域为例，据测定，其浮游植物达190多种，浮游动物有98种，海底栖息动物183种，如此发达庞大的生物链即成为鱼虾蟹贝藻丰富的食物链，而充足的营养来源，加上优越的生存条件，养成的如东海鲜如何不鲜？

在清朝，如东县城掘港便有"十家三酒店，一日两潮鲜"之说。从历史和文化因素看，如东海鲜博采众长，源远流长。有其人文上的优势，自有扶海洲，淮夷人、吴人、越人、鲁人、徽州人相继登陆如东，五方杂居的人带来了各自家乡的饮食观念和烹饪技艺，为此催生出源于淮扬而又有别于淮扬的厨艺，派生出掘港的第一楼、广雅楼、丁普照；马塘的文和楼、长春菜馆；丰利海园春、庆乐园；岔河东盛园、杏林春等老字号名店。派生出海参菜、鱼皮菜、鱼翅菜、鸡肚菜、鱼肉菜等菜式，古镇栟茶派生出全家福、炒虎爪、白煨蛏汤、淡菜烧素鸡、鸡包鱼翅、蝴蝶海参等各种海味名菜以及蟹黄包儿、虾油蒸饺、虾籽烧饼等名点。

一方水土养一方人，如东海鲜的与众不同，形成了南黄海博大精深的海味文化。如东海珍菜肴，不仅鲜美可口百食不厌，而且极富营养，含有人体所必需的氨基酸、蛋白质、脂肪、碳水化合物、钙、铁以及多种微量元素和各种维生素，据分析，如东能成为长寿之乡，与常食海鲜不无关系。

如东笼罩在一片海鲜中，如东之味，乃南黄海之味。我时常想，有朝一日，"如东海鲜"会成为"如东海仙"的。

第三辑

田 园 物 语

春天来了,大地上的绿色渐渐浓了。春天的绿意中带着娇羞的浅黄,仿佛一掐就会滴下嫩生生的汁水来。

女儿绿

　　春天来了，大地上的绿色渐渐浓了。春天的绿意中带着娇羞的浅黄，仿佛一掐就会滴下嫩生生的汁水来。

　　农历二月的一天，城里朋友老陈带他的孙子来我家做客。

　　老陈写过诗，说起话来常带着诗情。八岁的小陈更是个灵动活泼的孩子，具有城里孩子浪漫性格，顽皮可爱。老陈一来到我家，全然不顾早春野地里凛冽的风，硬是要到田野上走走。看到地里的麦苗，老陈和小陈也要蹲下身子看一看，摸一摸，小陈说那是红的（刚转青的麦苗还带点红）；遇到油菜地，他要摘片叶子拿到鼻子底下嗅嗅，说那是灰的（返青的油菜还真有点灰色）；就连刚钻出地面的野草小陈也要凑上去观察老半天，并用他的小手抓取叶尖上的小水滴，说那是玉珠。老陈直咂舌："这乡村，这乡村！你好福气，有房子在这里。"我笑笑说："住这里又能怎么样？我怎么没什么感觉呢？""你呀，你这是身在福中不知福！"我们正说着，只听小陈在不远处嚷道："爷爷，快来看，这里有一对蝴蝶。"说着追了过去。蝴蝶也来赶早，才二月的天它就出来了。我们也尾随了孩子沿着田间小径一直走去。

　　在小路的尽头，是一汪小池塘。水塘去年刚冲洗过，池塘里的水清碧见底，空气里充溢着新泥土的气息，水塘上流动着一层薄薄的雾霭。老陈走近水边，弯腰从池里掬出一捧水来，突然，他孩子般地嚷起来："你看这水好奇怪呢。"我听他说得新鲜，也如他般地掬水，那水捧出水面不一会就从指缝间漏光了，沾在手上是凉丝丝的感觉，并没有什么异样。"感觉出来了么？"老陈问。"冷！"我说。老陈笑了起来："你来看。"他示范着说："这水在河里是深绿色，可是捧出水面却变成浅绿色了，当你再把它放回到水中就又变深了，这不奇怪么？"我终于看了出来，的确，那水是会变色的，在池中是一种绿，到了手里就又变成另一种绿。不过，我明白那是经冬后初入春时内河里所特有水色。这有什么值得大惊小怪的？老陈见我不以为意，不由摇着头叹道："可惜呀可惜，身在福中不知福！"

"两个黄鹂鸣翠柳！"孩子的童稚声吸引了我们，抬眼望去，原来，他的情绪又被河边的几棵柳树抓去了，树上正有一对小鸟在枝丫间翻飞、啁啾，惹得孩子一时"诗"兴大发。老陈望着柳枝，眼神几乎有些发呆，我拍了他一下笑道："怎么，想作诗？"老陈摇摇头，指着柳枝感叹着说："你看这枝条上的新芽，你能轻率地说它是绿么，你又能说它是黄么，抑或是其他什么颜色？老夫有诗题不得！"

我们正说着，小陈那边又有了新的发现："爷爷，你快看，这里有一墙小灯笼呢。"孩子充满了稚气的声音，引得老陈连忙跟了过去，原来小陈已经走到我家老屋的西墙下，指着一墙的爬山虎藤蔓称奇。

已经有点沧桑模样的老屋，沉浸在一片盎然的绿意中，显得低声下气。爬满爬山虎藤蔓的西墙面果然有些壮观，尤其是爬山虎枝头上爆出的新芽，红红的如同节日灯一般，在早晨的阳光下给人熠熠生辉的感觉，惹得老陈和小陈又来了"诗兴"，老陈称这是"墙上春色"。我说："你们可真是一对诗人咧。"老陈并不理我，他已经完全进入了诗的意境里。沉吟了好一会儿，老陈忽然问我："你说乡村二月里最大的特点是什么？"我怔怔地看定他，不待我回答，一旁的孩子已经嚷道："绿！"老陈欣喜地抚摸着孩子的头说："不错。"过一会又加重语气说："不过，你要知道这可是农民伯伯用双手创造出来的呢！"

野外的风渐渐变得尖厉起来，带着一阵阵哨音，我拉老陈回家，他却不肯，意犹未尽地立在旷野的风中，面对原野，似对我又好像自言自语："你知道我现在想起什么吗？我想起了朱自清的散文《绿》，记得那里面有这样的句子——那醉人的绿呀……我舍不得你，我怎舍得你呢？我用手拍着你，抚摸着你，如同一个十二三岁的小姑娘。我又掬你入口，便是吻着她了。我送你一个名字，我从此叫你'女儿绿'，好么！"

老陈的声音轻轻的，若有若无，完全融入早春的风中，好像也变成了那湿漉漉的颜色，令我也跟着生出种种遐想。

"女儿绿"，多么美好的名字！我不由得为老陈的发现赞叹。

第二天，老陈临走前跟我相约，来年的二月还要来我家。明年，这绿该又是一番什么景色呢！

天水茶

天水茶是如东人的"贡品",逢客必奉天水茶,而且敬茶时还不忘提示一声:"您请,天水茶!"由此可知天水茶在如东人心目中的位置。

天水茶之"天水",即雨水。过去如东乡下,家家都备有大缸(或洋坛),甚至有备两只三只的,将收集起来的雨水贮于大缸内,留待慢慢饮用,几只缸亦可轮换着吃,那缸就称之为"天水缸"。天水的最大特性是没有保质期,即使陈上一年两年,不需用任何保鲜手法,依然清洌如新。

一方水土养一方人。如东人之喜饮天水茶似乎应该从这两个方面考虑,一是缘于郑板桥的"白菜青盐糙子饭,瓦壶天水菊花茶"的对联,如东人说,郑板桥这副对联就是在如东的古镇丰利写下的。据考,郑板桥的确曾在丰利文园生活过一段时间,因欣赏如东天水茶而写下此联,亦在情理之中。郑板桥对天水茶的赞赏,无疑提高了天水茶在如东人心中的地位,尚文的如东人,至今还有不少人家在门上贴此楹联。其次当从地理因素考虑。如东地处黄海之滨,陆地多是从南黄海滩涂围(堆积)起来的,如今这里虽然渐离大海,但它的地下水没有改变咸味,因而,只有这甘洌的天落水可以充作饮用水，而且，天水又易于采集、贮存，故而赢得了如东人的青睐。

高敞宽大的屋顶是最好的天水收集器。取一支长毛竹，自中间劈开分为两片，捣去中间的竹节，就成了收天水的过滤，下雨天，将它置于房檐下，房檐上万条雨线，纷纷落入毛竹过滤，再通过它导入水缸或木桶。

每逢下雨的日子，如东乡里人家房檐下，就有了一道采收天水的风景线。屋檐上的雨水滴入过漏[1]，过漏里的雨水再跌落进盆桶缸罐，发出悠扬悦耳的叮咚之声，那便成了如东乡间雨日里的美妙音乐。

通常，只有瓦屋的屋顶才能用来采收天水，而瓦屋顶也不是一下雨就可以立即采收，必须先让雨水冲刷一阵再行采收，因为，瓦房顶上，长年累月，难免会积有草叶灰沙、虫尸鸟粪之类。无瓦房的农家，他们在空中扯起一片洁净的白布，也就成了采水器具。

天水用得多了，人们对四季雨水竟有了明确区分。早春的雨水不宜贮存，因为早春的头几场雨虽然甜润，但这时的天水长时间保存容易变质。夏季里的突降雨也不好，因为被太阳晒得滚烫的屋面，初降的雨水已让烫瓦焐熟，其水不甘不甜，亦不宜采收。秋天的雨水，凉意已深，喝多了会伤脾胃，而且，老人说秋是和愁连在一起的，喝多了秋水让人愁。腊月的雪水固然好，但是人们却很少用它泡茶，他们说雪水的阴气重，喝了伤人。一般说来，人们把雪水当作治病的"药"，高烧内热上火的人，让他

---

[1] 过漏，系方言。毛竹辟成两片，捅开竹节，以承接瓦檐水滴，民间称过漏。

喝点雪水以退热,夏日里受热胸闷的人,喝点雪水茶可降温消暑,等等。如东人对天水研究的透彻程度,真的是令人叹喟。

在如东人心中,最好的天水当数梅雨季节的雨水,梅天的雨水又叫梅水,其水质厚,清纯。老如东人说,用梅雨水泡茶,茶水淳厚、色美、味香,而且,梅水还适宜长期存贮,因此,梅雨期间的雨水通常是人们收存最多的天水。也有人认为,最好的雨水是时天(芒种期间)的雨水,因为时天里下雨常伴有雷电,雨水中的病毒亦被雷电杀死、雨水中的氧离子被雷电激活,等等,这里面又多了现代科学的成分。

天水采集以后,还要有一个保养的过程,叫养水。就是让天水慢慢沉淀和净化。刚采收的天水,水不净,如东人说它有一股烟火味,吃了对人体不利。是的,人间有多少支烟囱伸向天空,排出的浓烟不是都化作云朵、化成雨水了吗?所以,刚采收的天水要经过数天、数十天的过滤,才可以装进长期贮水的大瓮。讲究的如东人,天水要贮存一年以上才用于烧茶。对此,他们还把天水在时间上进行划分,一年的天水为普通天水,两年以上的为上等天水,三年以上的天水才是天水中的精品。

如东天水茶在饮品中是最大众化的,其中又不乏富人对喝天水茶的种种讲究。包括对各种茶具的要求:专门的水缸、专门的茶炉、专门的水壶、专门的水瓢、专门的水瓶、专门的茶杯等;贮存天水的大瓮必须放在专门的贮藏室,那些大瓮的瓮口要用棉布裹着木盖封严,以防蚊虫入内产卵,生成孑孓。相传如东的一位天水茶师,到朋友家喝茶,饮后咂一咂,道,你府上的天水缸里有一根铁针。友人不服,我家的天水缸怎么会有铁针呢?于是相互打赌,当场把缸内天水舀尽,果见有一根铁针躺在缸底。在如东老家，我就曾遇见过一位缪姓茶师在人家喝茶，刚喝了一口就不喝了，说，你家舀天水的瓢是一只新瓢，有味。一问果是。可见这些茶师喝天水茶的功夫了得。农家百姓喝茶没有高等级待遇，但这对他们享受天水并无大碍，天水是最公平的，你再穷，只要家里有一口缸，一个茶壶，你就能吃上清甜甘洌的天水茶。即使没有名茗，但你门前只要拥有一片土地，亦可以栽几株藿香、佩兰，长一蓬菊，你照样可以饮用滋味绵长的天水茶。农人在地里庄稼活做累了，坐下来，手捧茶碗，喝一大口温度刚好的天水茶，发出一声长长的"啊——"，那一定是荡气回肠的感觉，那情景，是颇让人羡慕的。当然，拥有一把宜兴陶壶，或者手持一只江西景德镇瓷杯，其品茗的雅致和品位将又会得到提升。

旧时，如东人走亲访友，哪户人家没有敬天水茶，那是很没面子的。如果你以河水茶、井水茶或者后来的自来水茶待客，客人会不领你的情，即使当面不说什么，但他们一般不喝，或者客气地称一声不渴，把茶接过，搁之一旁，却不动一口。

我自认为也曾经到过不少地方，自信喝过一些饮料，什么咖啡、牛奶、汽水，也喝过"西湖龙井""济南趵突泉"，吃过泉水茶、湖水茶，但用天水泡茶好像唯如东独有。相比于茶道的古朴典雅来，如东的天水茶似乎多了些乡野之风。在我想来，今天的如东人之所以有其宽大的胸襟和深深的文化修养，与他们长期饮用天水茶或许不无关系。

在如东的乡下，过去有"喊山歌"之俗。夏夜纳凉，众多山歌手聚于打谷场上，喝凉茶、唱山歌，其场面热闹而火爆，这其中天水茶功不可没。试想，如果没有天水茶润喉，山歌手也许就无法从黄昏一直"喊"到拂晓。

如今，走进如东乡里，几个人围坐，仍然会有以天水茶作陪的。诚然，随着空气污染的加剧，随着生活质量的提高，随着便利的饮水机、纯净水的产生，天水茶的霸主地位已经不再，今天的如东年轻人不怎么看好天水茶了，天水茶的茶水功能开始降低，然而，我们看到，天水茶在如东已经不单单是一种茶了，它已经成为一种传承，成为如东人一个重要的文化符号。

春三鲜

春天里,能称得上鲜的菜蔬很多,譬如马兰头、菊花脑、枸杞头、芦蒿、香椿、豌豆苗……都是春天餐桌上的"常客"。但是,在如东乡里,能称鲜且性野的当数荠菜、小蒜和黄花儿。

荠菜

如东乡下曾流传"三月三,荠菜花赛牡丹"的民谚,虽然说的是荠菜花的美丽,但也离不开荠菜的美味。

几场春雨过后,原本匍匐在地的荠菜便渐渐转了颜色,从枯褐色变得绿里透红,农人最清楚,这种荠菜才是最本色也是最具本味的。

荠菜是一种极为普通的野菜,如东人亦称其为地菜。或许是因为吸吮了沉睡一冬的地气,荠菜便富含营养成分,并且具有药食两用的效果,因此人们又说"三月荠菜当灵丹"。

自古以来,荠菜就是农家菜。《诗经·邶风·谷风》中说:"谁谓荼苦,其甘如荠。"《尔雅》里对荠菜有过这样的记载:"荠味甘,人取其叶作菹及羹亦佳。"宋代诗人陆游在《食荠十韵》中写道:"舍东种早韭,生计似庾郎。舍西种小果,戏学蚕丛乡。惟荠天所赐,青青被陵冈。"从陆游的诗中我们仿佛看到,宋时的荠菜就已经遍布于山坡之上了。与陆游同代诗人苏轼亦赞美荠菜是"天然之珍"。清代郑板桥有诗云:"三春荠菜饶有味,九熟樱桃最有名。清兴不辜诸酒伴,令人忘却异乡情。"在郑诗中,荠菜是带有乡情味道的。

荠菜生性顽劣。在早春的乡野上,到处都有它的身影。惊蛰前后,田野上采挖荠菜的人很多。事实上,采荠菜不叫采,也不叫挖,不叫摘,而叫挑,"丫头片儿,挑荠菜儿"是旧时老人的说法,也是男孩子攻击女孩的"草言"。女孩子都是挑荠菜的好手,而且,乡人认为,女孩子挑的荠菜好吃,鲜!

小时候的我曾混迹于女孩子群里挑荠菜,那时候野地里荠菜极多,尽管男孩们笨、懒,但每次也能够满载而归。荠菜味冲,屋子里只要放上一篮子荠菜,整个屋子便氤氲在春天的气息里了。

吃荠菜,还是陆游有一套。"小著盐醯助滋味,微加姜桂发精神。风炉歙钵穷家活,妙诀何曾肯授人。"烹饪荠菜他有独到的技术,却不轻易示人。

荠菜可以下酒。辛弃疾有"山远近,路横斜,青旗沽酒有人家。城中桃李愁风雨,春在溪头荠菜花"。元人谢应芳也在《沁园春·壬寅岁旦》中说:"新年好,有茅柴村酒,荠菜春盘。"

将荠菜濯洗干净,佐以肉条蛋皮等,用春卷皮儿一卷,煎成黄澄澄的春卷儿,那是色香味俱佳的,不过,那是后来的吃法,我们小时候吃得比较多的是清炒荠菜,尽管缺盐少油,但那个鲜味不减。家里来了客人,用荠菜炒百页(一种豆制品),或者荠菜烧鸡蛋汤等，这都是春天的至美之味了。

现在，市场有大棚荠菜，这种荠菜棵大叶阔，色泽嫩绿，看上去很美，但吃在嘴里远不及野地里"挑"回来的荠菜味儿正，于是知道，荠菜还是野的好。

人们喜欢野荠菜，不仅仅因为野地里荠菜的味道鲜美，还包含着到野地里挑荠菜时的那种意境：在暖暖的田野上，眼观八方寻觅，走走停停，低头弯腰收获的是荠菜，抬头远眺放飞的是情怀，不经意间觅得一份悠闲与宁静，收获一份喜悦与回味。

小蒜

小蒜，或称小根蒜、野蒜等。

小蒜跟大蒜同宗，但小蒜跟大蒜又有不同，大蒜多为单株，小蒜却很少有单个生长的，一出苗就是一蓬一簇。小蒜的叶呈墨绿色，嫩油油的，一位乡土诗人说小蒜"能挤得出春色来"。小蒜的叶小，有点像韭菜，但它是中空的，小蒜的根茎有点似大蒜，又没有大蒜的气味那般浓浊。跟韭菜比，它多了野性；与大蒜比，它多了娇气。生长在野地里的小蒜，看上去一蓬，似可以随手拔出，但当你真想扯它时，却又扯不出来，非得用小锹挖，而且要深挖。这时你会发现，初长成的小蒜的地下部分很长，白白亮亮的，每一根上都连着一粒小小蒜头，带着长长的胡须。一则关于小蒜的谜语很有意思："一个老汉真可爱，上胡子绿下胡子白，若问他的家哪里住，不在屋里在野外。"

我的母亲曾经是制作"小蒜菜"的好手。将小蒜挖回家，择好洗净，小蒜就变得有了楚楚动人的模样。母亲将小蒜切碎拌盐，醺上香油，坐在饭锅上炖熟，就是一碗很下饭的"菜肴"。或者，母亲用它煮成小蒜饭，味道更是香美，如果在里面加点肉丁，那就有点奢侈了。

至今记得母亲做的一道小蒜特色美食——小蒜煎鸡蛋。小蒜煎鸡蛋这道菜，在我们家只能在过节或者谁过生日才会为我们做上一回。有一年春天，我患了疟疾，每天上午好好的，到了中午就犯病，浑身无力，吃不下饭，更谈不上下午上学了。有一天，母亲突然说她找到了一味好药，能治我的病。中午，母亲拿出一把新挖的小蒜，切得细细的，打两只鸡蛋在里面，放上细盐，用筷子"咕笃咕笃"地擂一擂，再倒入油锅里，只听"滋溜——"一声，小蒜的香气就出来了。我被那声音和香味一刺激，一个激灵，突然就有了食欲。当母亲把小蒜煎鸡蛋盛到盘子里的时候，我已经迫不及待地走到灶台前，我一下子就把两只小蒜煎鸡蛋吃掉了。母亲见我想吃，就又为我煎了一只，我又把它们吃了。就这样，小蒜煎鸡蛋治好了我的病。后经查证，小蒜果有医用功能，可治脾胃虚寒、吐泻、腹痛、毒虫咬伤、食积等。

有些年小蒜多，母亲会把小蒜制腌成咸菜，将其封闭在咸菜坛子里，等到一个多月以后，开坛一闻，香气扑鼻。绿色的小蒜叶变成了黄色，小蒜头的白没变，白绿相间变成了黄白夹缠。整个秋春天的餐桌上，一日三餐，小蒜蘸黄豆酱，略带辣味的小蒜加上豆酱的浓郁香气，即刻会打开你所有的味蕾，让你的食欲大振。在菜蔬缺乏的早春，那些靠力气干活的农家人因小蒜的调味，都会多吃几碗饭。

小蒜是儿时餐桌上的必备野蔬，现在又成了许多宾馆高级宴会上的调味菜，一锅煲了很久的老汤，取几根小蒜，切碎，丢入滚烫的汤锅中，盈盈然的绿白小蒜在锅中翻滚，鲜美的汤味瞬间扑入鼻息。给人一种感觉：最好的生活是艺术。

黄花儿

黄花儿原本属于"野菜"系列，但经过人们家养，渐渐去了野性，有了点"家菜"的意思。

如东人的黄花儿，在大上海叫草头，出自苜蓿，是苜蓿的嫩头儿。苜蓿属豆科植物，俗名为金花菜、三叶草、四叶草、草头芽、紫苜蓿等。在儿时春天的记忆里，黄花儿占据了很大空间。

陆游有一首《书怀》诗："苜蓿堆盘莫笑贫，家园瓜瓠渐轮囷。但令烂熟如蒸鸭，不著盐醯也自珍。"诗中道出苜蓿的美。

黄花儿的吃法很多，可以凉拌、清炒、炒鸡蛋、炒肉类、煮鱼、做包子或饺子或馄饨馅、烙饼、包春卷、做汤、煮粥、做饭、煮粥、做汤、酿酒、腌渍等等，在如东乡间，黄花儿以生吃、凉拌最多。

黄花儿有一种懒人吃法——苜蓿小米粥，将苜蓿用剪刀剪去根部、理净后，清洗干净，等小米粥煮得差不多的时候，下入苜蓿，敞开锅煮熟即可，便成秀色可餐的翡翠黄花儿粥。

前辈们沿袭下来的"草头腌齑"颇是好吃。做法是将黄花儿剪摘下来，洗净晾干，入瓮腌制，一层黄花儿一层盐，用木棒捣实出汁，后续层叠，待瓮满时，用一块塑料布封口扎紧，过二十天左右，打开坛瓮，将腌汁逼去，再拌盐，装入小瓮，称"复腌"。复腌后封口，这样过十来天就可启封，吃一点取一点，再封放好。这样腌成的黄花儿，咸中有微甜，酸中有滋润，口感爽脆，下饭下粥均可。

凉拌嫩黄花儿最好。傍晚，放学回家，看母亲在抐（方言：揉搓）黄花儿，母亲将洗净的黄花儿拌上盐，在盆子里慢慢地揉搓、挤捏，又逼去青汁，放在碗里，滴几滴麻油，这时，展现在眼前的是一碗温润如玉的珍品，未吃就先有一种享受了。

"吃鱼不如取鱼乐"，这是母亲对吃的态度。家里每有了一件成果，她必是要先送一些给别人的，每年春天，送一些黄花儿给没有种黄花的人家，捎一点黄花儿给城里的亲戚，成了母亲掐黄花儿的乐趣。

黄花儿鲜过以后，地里的农活便多了起来。

灌香肠

灌香肠已经成为乡里过年的一个习俗。大雪一过，人们就开始忙着灌制香肠了。

一开始，人们自己买了猪肉在家里灌。将猪肉买回家，剔去里面的骨头，洗净控干水分，切成细块，拌盐、味精、酒、姜汁等，腌制一两个小时，再将猪小肠套在专用工具上，抓着肉块一点一点朝肠子里灌。十斤八斤猪肉，要忙上一整天，弄得腰酸背痛，灌成的香肠却时常因佐料的量掌握不准，或是咸了，或是淡了，弄得美味不美。

这些年图省事，我都是在老何家加工香肠。

老何是小镇上卖猪肉的摊贩，他家每年在大雪节气前后开始代客灌香肠，说是老何灌香肠，更准确地说是他的老伴黄姐灌。

那天，黄姐见到我，忙招呼道："孙老师，您真准时，这会儿灌香肠，正好赶得上腊月底带走或送人。怎么样，还是要瘦一点的吧？今年又要去孩子那里过年？"我的口味黄姐已经记得，而且大体掌握我过年的行踪。

黄姐是一个讲究人，她灌香肠，与别人不同。别人灌香肠，把猪腿肉、前夹肉粗粗一切，冲冲洗洗，倒入大木盆，把调料往里一撒，半瓶白酒一倒，大手拌匀，立刻就进灌肠机，半个小时内，一大包湿漉漉粗大圆胖的香肠就灌好了。黄姐瞧着直摇头：肉里的水没有控出来，含水的肉调料就进不去；而且，这水淋淋的肠子得晾晒到什么时候才能干？黄姐灌香肠，你得等。黄姐灌的猪肉，都是经老何选定的，肉是"原肉"，上面不带一丁点血渍，一眼看上去，干干净净，绝对的放心肉。这种肉不用洗，当然就不会含水，肉的肌理紧实，容易调味。黄姐准备的调味料也颇讲究，酒是曲酒，糖是绵白糖，姜汁必须现买现用，绝对不允许有过期货（当众验认）。

看黄姐灌肠是一种享受。

黄姐灌香肠早已经用上了自动化机具，猪肉不用刀切，放在绞肉机上过一遍（需要细碎一些的，也可以过两遍），各种佐料要放在秤上一一过磅，准确无误。材料拌和好后，闷在一只钢盆子里腌制一两小时，才放到灌肠机上。

前面的一切都是铺垫，这时候才是真正的灌香肠。

黄姐做事有一种仪式感，她虽然在做事，但一身衣服依然的讲究，直到正式灌肠子的时候，才在呢子长裙外套一件围裙，坐到灌肠机前，灌肠机一开，呜呜地响起来，腌制过的肉便从机器口子里吐进套在机口上的肠子里。这时，黄姐的手特别的灵巧敏捷，一边接着肠子，一边准备着扎线，肠子灌完了，一段一段的香肠也扎成了。

我和黄姐年轻时就认识，那时候镇上搞电工培训，请我讲课，无知者无畏，不知天地厚的我当了几天她们的"老师"，因此，到现在黄姐还"孙老师、孙老师"地叫。

平时，黄姐的丈夫老何到小镇上卖肉，黄姐在家照应着一间小店，这些年，因为女儿有了孩子，她便时常关了店面进城帮助照看孩子，只有到了大雪前后灌香肠的时候人们才能见到她。

黄姐边灌香肠，边跟顾客们唠家常。顾客们多是附近的老主顾，又以大妈们居多，她们都愿意跟黄姐说说心里话，少不得要埋怨媳妇女婿几句。而黄姐是个有阅历的人，她一面像变魔术一样，从灌肠机里拉出一截又一截香肠，一面开导着人家："媳妇带几根香肠给娘家好啊，这样，你亲家母待你儿子不就更上心了？"

"不聋不哑不做翁姑，要我说，孙子孙女们上什么学校，读什么补习班，用不着你来操这份心。你只管煮好你的腊肉蒸好你的香肠，喂饱他们，再出门去跳跳广场舞。就算儿媳妇管孙子不成功，那也不是你的事。就像我们灌香肠，哪个人头一次就能灌得人人叫好的？今年灌不好，才知道明年怎么改进呀。"

黄姐以自己的经验，开导满腹愁怨的大妈们，让她们心里得到一丝慰藉。香肠灌好了，黄姐用一根牙签，在香肠一点点戳上些放气孔，黄姐说这样可以加速水分的蒸发收干，平衡肠衣内外的压力。

顾客们都说：在黄姐这里灌香肠，不仅闻到香肠的腊香，还能感受到一股心香呢。

油馓子

立秋吃油馓子、煮番瓜是如东乡间的习俗。

在如东乡下,女人坐月子,亲友们要送油馓子,俗称送"产妇礼"。产妇礼多为四式头:油馓子、红糖、猪肉、鸡蛋。

资料表明,油馓子在我国已经有了上千年的食用和制作历史,宋代苏东坡在《寒具》一诗中写道:"纤手搓来玉数寻,碧油轻蘸嫩黄深。"这里的"寒具"就是油馓子。

细细长长的油馓子,脆脆松松的,在糖水里一泡,既容易消化又能温补气血,因此成为产妇礼的首选。又因为馓子的谐音是"产子""散子",含有多子多福的意思,所以,人们用它作产妇礼还含有吉祥祝福的含义。送产妇礼的油馓子需经包装,商家多用油纸包成四方形,外面用麻绳捆扎成的花辫,像一只金色蝴蝶的翅膀,翩翩欲飞的样子。

请送产妇礼的人吃一碗"馓子茶",是产妇家的一项重要礼仪。探视产妇的亲友,带上3斤油馓子,同时,还会心照不宣地带上小孩。小孩们都懂送产妇礼吃馓子茶的礼数,便一个个争着跟大人去,能够被父亲或母亲选上随之去送产妇礼,是一件美事也是一份特殊的荣耀。在那个年代,孩子们把吃一碗馓子茶当作一次礼遇，而敬一碗馓子茶就是一种高规格的礼节。

一般产妇人家，在送礼的客人临别的时候，要回3只着了洋红的红鸡蛋，另加两页油馓子，作为回礼，做客的人礼节性地做一番推让，然后便心安理得地收下，这些油馓子便成了在家"留守"孩子们的期盼。

油馓子不仅香，更重要的是油多。记得小时候，家里每买回油馓子，不多时间，包在外面的那层纸就被馓子上的油浸透了，如果是报纸，那上面的油墨字渐渐晕染开来，发出阵阵油香，恍惚间觉得那报纸也是好吃的。

油馓子是便于零吃的。油馓子放在家里什么地方，那里便成了馋孩子的目标，他们时不时装模作样地从那里经过，"卟嚓"一声，偷偷掰下一根，塞在嘴里，抿着，任其慢慢地化，那股香味便迟迟留在嘴里，一直不散。

孩子们上街，总喜欢绕到油馓子加工坊去玩，没钱买不要紧，嗅一嗅炸油馓子的味道也是一种享受。他们将脸贴在店面的玻璃上，看作坊里的师傅们如何制作油馓子——在一个长长的案台上将面团揉到光滑柔韧，然后搓成粗粗的长条，再抹上油，盘在盆子里"养"。经油"养"过的面，便有了韧性，有了弹力。接着，师傅像做拉面一样将面条抻开拉细，松松长长地挽绕在手上，下一步，是将绕在手上的细面条绷到两根长筷子上，再小心翼翼地拉伸，待到了一定长度，双手一交叉，一攀一折，那就是最初的馓子。将其轻轻放入油锅，锅里便发出滋滋滋很好听的响声。炸油馓子的油并不要特别爆，初时是"养"，待油馓子有了一定硬度，师傅轻轻地把油馓子翻过来再煎炸一会儿，这时，满屋子弥漫起了浓浓的油馓子香。只几分钟时间，油馓子已经炸成，出锅。人们通常将一个油馓子称为"一页"，一斤馓子在四页到五页之间。师傅们把炸好的油馓子一页一页整齐地码在竹匾上漏油……孩子们看得眼睛发直、嘴角流口水，常常是被迫离开，走时还一步一回头，依依不舍。

传统的油馓子是不加任何添加剂的，只用四种原材料，那就是面、水、盐、油，因此，它属于一种绿色食品。油馓子不易变质，且口感酥脆，被人们认为是一种美味。今人则认为油馓子是油炸品，是应该回避的高热量食物，特别是年轻人，常常叫老年人少吃，说这东西吃多了，对大脑不好、对身体不好云云。偏偏有老年人吃顺了嘴，说我们吃多少年了，吃多少辈了，没听说有谁吃油馓子短寿的。甚至于有读过一点书的老人，还会背出《本草纲目》中有关油馓子的药理作用，说它可以"利大小便、润肠、温中益气"，于是，他们照吃不误。

我们经常说食物的"色香味"，所谓色，其实就是食物的外表。黄如金、细如线、丝丝相连，环环相扣的油馓子，从外观上就已经征服了食客，加之口感又具备了香、脆、酥等特点，成就了它的丽质。据悉，在淮扬菜系中还有一道叫"茶馓"的名菜，这道菜曾经被清朝列为贡品，百余年来，数次荣获国内外多项大奖，后来还走上了国宴。淮安茶馓，其实与如东人所钟爱的油馓子基本相同，从原材料到制作工艺，都很类似。在江南，我吃过一种小麻花，他们将其与苏东坡《寒具》中的描写联系起来，我觉得有点牵强，倒是家乡如东的油馓子更为贴切。

如今，油馓子已经不再金贵，但做起来仍然是功夫活。要保证油馓子能够出类拔萃，手法、力度、油温、时间……每一个步骤都是关键，所谓差之毫厘、谬之千里，每一道工序都决定了油馓子的品质。

　　老家所在的袁庄小镇曾经有多家油馓子店，因为年轻人的认知，也因为利润低微，目前仅存一家油馓子店了，店主周师傅的年纪已经六十开外。周师傅原是袁庄粮站职工，20 世纪 80 年代，粮站改制，下岗分流后，他一边经营一片粮油店，一边学习炸油馓子的技术，经过多年的反复实践，他的炸油馓子技术已经炉火纯青，多少面粉能制作多少油馓子，一天能生产多少油馓子，他了然于胸，目前，周家油馓子成为小镇上的独家经营店，产品占领了一方市场。

　　日前，去看望一位乡间的独居老人，老人家八十多岁了，儿子在国外，自己有丰厚的养老金，生活无忧。在了解他生活起居情况的时候，我们发现他的早餐比较简单，高兴的时候煮粥吃，不高兴就不煮，泡一碗油馓子了事。同去的朋友说："你这样吃不科学，油馓子可是高油高糖的东西，你孩子知道了一定会反对。"

　　正在泡油馓子的老人一边往金黄油亮的油馓子上撒糖，一边笑着说："我都吃八十多年了他会不知道？这东西难道不比他们吃的比萨、炸鸡强？"

　　老人照样泡他的。不一会儿，油馓子的香味就在室内弥漫开来。

　　油馓子不是如东人所创，也不是如东人独有，不过，油馓子却已经在如东民间根深蒂固。

豆腐皮儿

豆腐皮儿是古镇袁庄的传统豆制品。

用石磨将黄豆磨成豆浆,铁锅煮熟,盛入缸内,当缸面结出一层薄薄的细膜,以竹竿挑起,放在通风的地方晾干,就成了豆腐皮儿。

旧时过年,乡里人家,家家都要做几箱过年豆腐,也就可以挑几张豆腐皮儿,让家人在过年时享用一下这一珍馐。

制作豆腐皮儿的黄豆比较讲究,必须选用本地小黄豆,这种黄豆个头虽小,但出浆率高。用石磨磨出,其豆浆就很地道,摸着手感细腻,闻着香味浓浓,挑出的豆腐皮儿为琥珀般的色泽,且质感绵密而细腻,散发着豆汁的鲜香,入口柔嫩爽口。

"豆腐是水做的。"这句话不仅说豆腐含水多,也是告诉人们做豆腐对水的要求高。做豆腐皮儿当然更加讲究水质。袁庄镇是远近闻名的"水美乡镇",这里的地下水丰富,水质自然含卤,因此,用天然的地下水蒸煮出来的豆浆鲜美香醇,制作出来的豆腐皮儿口感筋道。当年的豆腐店都拥有自家的专用水塘,只有到专用水塘里取出的水做成的豆腐味道才好,而且豆腐的产出率高。后来,水塘里的水不好磨豆腐了,他们就用水井的水,有的水井的水磨不出豆腐，或者即使磨出了，那豆腐不是味道不纯正，就是品相不好。所以，人们说豆腐和豆腐皮儿是个"鬼"东西，挑豆子，挑磨子，还挑水。

袁庄人的豆腐店都会选用好磨子，好豆子，好水，于是就有了好豆腐，有了好豆腐皮儿。凡品吃过袁庄豆腐皮儿的人，没有说不好的。

袁庄豆腐皮儿之所以能抓住人们的胃口，是因为其制作过程中的每一个步骤都极其讲究，该做的工序绝不偷工减料，其制作流程包括：选豆、去皮、浸泡、磨浆、过滤、煮浆、成膜、揭皮、晾干、包装等。当然，豆腐皮儿的制作者还有着各自的独门秘招。

一方水土浸润出一方美食。我采访过地处袁庄镇街北的豆腐手艺人冒师傅夫妇。冒师傅做豆腐并非祖传，他家做豆腐的技艺是他的妻子在表兄家豆腐店帮工时"偷"来的。婚后，他们开始经营自己的豆腐坊，这一做，就再没有放下，把30多年的光阴全部献给了豆腐"事业"。每天凌晨两点左右起床，磨浆、烧火煮浆、挑皮儿、装箱，到下午3点多才结束，天天如此。在冒师傅的豆腐作坊里，一字排开8口大缸，每天磨出300斤黄豆，就在这8口大缸里煮浆，待豆浆稍稍冷却结膜后开始挑豆腐皮儿。冒师傅挑豆腐皮儿不贪，每口缸里只挑3到5张，绝不多挑，他说，再挑，倒也还有，但那豆腐皮儿的口感就差了，而且，做出的豆腐品相也不好。因此，人们都爱吃他家的豆腐皮儿。正是他们的执着，他们的持之以恒，才叫响了袁庄豆腐皮儿的名气。

冒师傅说：以前做豆腐挑豆腐皮儿完全是为了生计，现在则有了另一层意义，那就是对这一地方特产多了一份保护意识，开始注重它的发展、传承和延续。

我对豆腐皮儿的印象还停留在小时候,那时老家有一种美食叫豆腐皮儿夹糯米饭(也称糯米饭夹皮,或称糍粑)。我至今没有忘记豆腐皮儿夹糯米饭的工艺,前不久又在家里复习了一回:将糯米饭煮熟,以肉丁葱花炒拌后,摊于豆腐皮上,再用豆腐皮加盖,压实,切块,放油锅里一煎,其表层黄澄澄、油旺旺的,透着一股香气,不用说吃,看一眼口内便生津了。吃在嘴里,更是糯软、松脆、肥香。

豆腐皮儿有着悠久的制作历史,宋代诗人苏东坡在《又一首答二犹子与王郎见和》中留下"脯青苔,炙青莆,烂蒸鹅鸭乃瓠壶,煮豆作乳脂为酥,高烧油烛斟蜜酒"的词句。明代苏平的《咏豆腐诗》虽是咏豆腐,却也有吟豆腐皮儿的含义:"传得淮南术最佳,皮肤退尽见精华。旋转磨上流琼液,煮月铛中滚雪花。瓦罐浸来蟾有影,金刀剖破玉无瑕。个中滋味谁得知,多在僧家与道家。"

据考,袁庄豆腐皮儿制作已经有300多年历史。凡到过古镇袁庄,吃过袁庄豆腐皮儿的人都盛赞其味道好,品质好,营养好。有资料说,豆腐皮儿营养丰富,蛋白质含量高,常吃可以补充人体的蛋白质、铁元素等,属于老少皆宜的好食品。

现在,我每在外待长了,一回到老家袁庄,总要想办法吃一回袁庄豆腐皮儿,或是豆腐皮儿汤,或是豆腐皮儿夹糯米饭,以享受一下美味,慰藉我深深的乡愁。

野菜自远古走来

野菜是春天大自然馈赠给人们的最好礼物。

野菜的品种很多,且南北各有特色,较为普遍的有荠菜、小蒜、马兰头、枸杞头、野芦蒿、野芹、香椿头、苜蓿头、菊花脑等。

荠菜,开春三月就在田间地头冒了出来,所谓"三月三,荠菜赛金丹",农村的孩子喜欢结伴到田头地边去"挑"荠菜。"挑",在这里有挖、铲、剪、割等多种含义,一个"挑"字让三月的田野变得生动,也让野菜变得活色生香。

荠菜性凉、味甘,有一股特有的清香味,有人说用它包饺子最好,我则以为荠菜春卷略胜一筹。荠菜焯过,加上肉条儿、蛋皮、虾籽,用春卷皮儿一卷,在油锅里炸得黄黄的,松松的,脆脆的,那是打嘴巴也舍不得丢的。

荠菜直接炒着吃,味道也是透鲜。

历代文人雅士、达官贵人们喜食荠菜者不乏其人,陆游写过一首《食荠三首 其三》:"小著盐醯滋美味,微加姜桂发精神。风炉歙钵穷家活,妙诀何曾肯受人。"

小蒜,亦称薤白,别名山蒜、野蒜。小蒜根色白,可入药用，名苦蘸。李时珍说："其根煮食、糟藏、醋浸皆宜。"小时候，母亲每年春天都会到地里挖不少小蒜回来，洗净、切碎，用坛子腌起来，是作小菜吃的。吃稀饭时，从坛子里抓一把，特别吊胃口。小时候最爱吃蒸小蒜，淋上几滴麻油，特别的香。鲜炒小蒜味道也好，爆炒时，如果能在里面打上鸡蛋，其味道就更美了。白居易有《春寒》诗："今朝春气寒，自问何所欲。酥煖薤白酒，乳和地黄粥。"

马兰头，菊科植物，茎直立，有时略带红色，表面粗糙，两面有短毛，春天摘其嫩茎叶作蔬菜，称马兰头。现在不光是郊外田野上，就是街边绿化带也时有马兰头冒出。马兰头可以凉拌，也可以炒食，不仅味道鲜美，据说还有降血压、清热等功效。陆游《戏咏园中百草二首 其一》诗中曰："离离幽草自成丛，过眼儿童采撷空。不知马兰入晨俎，何似燕麦摇春风。"

芦蒿，现在多为人工种植，长得一崭一齐，青翠干净，也比较嫩脆，但香味远不如野生的。野生芦蒿长短不一，茎秆偏红。用芦蒿炒咸肉是为一绝，有人说炒豆干比炒咸肉味道还要好，但我一直坚持芦蒿炒咸肉更好些。果然是百人百味，萝卜青菜，各有所爱。

苏东坡喜好芦蒿（又名蒌蒿），在往汝州任职途中，他特地取道南京品尝芦蒿，他对这种香嫩鲜脆、具有清火化淤功能的野菜极为赞赏，曾赋诗云："竹外桃花三两枝，春江水暖鸭先知。蒌蒿满地芦芽短，正是河豚欲上时。"

枸杞头是枸杞的嫩芽，味微苦，据医家说，枸杞有平肝明目的作用。唐刘禹锡曾留下《楚州开元寺北院枸杞临井繁茂可观群贤赋诗因以继和》诗："僧房药树倚寒井，井有香泉树有灵。翠黛叶生笼石甃，殷红子熟照铜瓶。枝繁本是仙人杖，根老新成瑞犬形。上品功能甘露味，还知一勺可延龄。"在诗里，枸杞的叶、果、枝均有描述，且形神兼备，栩栩如生。

枸杞头的加工工艺十分简单，用油盐快速一炒就行了，也可以和切得极薄的豆干片同炒。凉拌枸杞头，只需将其烫一下，拌以麻油酱油便十分可口，若是再加点香干，即可上席了。

苜蓿头，又名黄花头儿。苜蓿头既可以凉拌，也适合腌食，炒着吃也行。将黄花头儿掐回来，直接拌盐，用手轻揉数分钟，逼去青汁，然后拌上麻油、酱油，用以佐粥，十分可口。用坛子腌上，封存一个多月，开坛时，黄花头儿成黄色。色泽亮，味道鲜，是腌黄花头儿的特征。《四时类要》里说："凡苜蓿春食作干菜，至益人。"

野菜，自古以来，是人们的至爱，人们吃野菜，吃到的是那份野外春天的气息，同时，也吃出了习俗，吃出了故乡情怀！

秋　味

退休后,我时常随儿子在南方生活,身在异乡,老是想起家乡的味道,特别是家乡秋天的几种农产品,常常勾起我的乡愁。

芋头

中秋到了,芋头就该上市了。

芋头是苏中乡里人家中秋祭月的供品,还有其他时令品:菱角、花生、荷藕等。当然,月饼也是必不可少的。

芋头属于"侉子",好种好长。清明后几天,该种芋头了。母亲从地窖里扒出上年埋下的芋头,挑一些品质好的作种子。母亲虽然从来没有跟我说起过芋头对土壤的要求,但我从母亲的做法中已经掌握了芋头喜水的习性。芋头种下去后,不需要精心的管理,待到大田作物施肥的时候,顺带在芋头苗旁边挖一个坑,浇半勺粪,除此而外,春种秋收之间,一个盛夏便不再为芋头出力流汗。

芋头的果实(根茎部分)为深褐色,呈圆形或椭圆形状,它表皮粗糙,有长长短短的根须。芋头的别名很多,如蹲鸱(鸱,古书上指鹞鹰)、芋魁、芋根、芋奶、芋艿等。"闻道蹲鸱好,防饥种一区。弱茎欹复起,翠叶卷还敷。天雨资肥长,溪流自灌输。秋成忻荐稻,收取入盘盂。"古诗对芋头的描写可谓形神兼备。芋头的叶很好看,椭圆或扇面形,叶茎挺拔如伞柄,摊开或微卷的叶子,敦实,肥厚,深绿。芋叶无论从外形或质地都与荷叶相似,微风掠过,芋田上窸窣作响,似流动的一道道碧波。夏秋清晨,芋叶中间滚动着一颗或数颗露珠,如珍珠般跳跃,在朝阳下折射出五彩缤纷的绮丽之光,让人惊艳。

当然,芋叶还是无法跟荷叶相比,因为与荷叶相伴的是盈盈清水,与芋叶相伴的是黄土地,因此,芋叶显得土气而质朴。

芋叶美不美不是农人的期盼,他们所关心的是芋头的地下部分(果实)。春上种下的芋头种,即为母芋,母芋生长一段时间后,旁边便生出小小的球茎,称之为"子芋",过些时,"子芋"又生下"孙芋",好的芋头身旁必是守着一窝子的"子子孙孙",一大家子,和和美美的样子,令人羡慕。秋后的芋头地蔚然壮观,硕大的芋头叶,在秋风中潇潇作声。中秋临近,人们在节前几天下到芋头地里——挖芋头。一柄钉耙,把芋头根部的泥土掀开,拖着一长溜"胡须"的芋头,终于见了天日。

中秋时节,集市上的芋头虽然模样不俊俏,无法跟荷藕、菱角抗衡,但价格却不菲,因为医家给出的评价不低:"治中气不足,久服补肝肾,添精益髓。"

老家人做不少芋头的菜肴,什么生烤、热炒、白切,种种吃法,无一不佳。芋头蒸肉、排骨芋艿煲、红烧肉芋头等已成为苏中乡里的名菜,吃起来别有风味。

芋头土头土脑,却也有雅。文人雅士对芋头的吃法颇多讲究，《东坡杂语》上说："去皮湿纸包，煨之火，过熟，乃热啖之，则松而腻，乃能益气充饥。"也有不甚讲究的，煨芋头，用稻草火慢慢煨熟。赵两山曾在诗中说："煮芋云生钵，烧茅雪上眉。"

东坡所谓煨芋头，说的多半是芋头仔。芋头仔鸡蛋大小，毛茸茸的，剥开来，白白嫩嫩的肉，滑腻如凝。芋头佬儿相对较粗。芋头佬儿是我老家的叫法，即母芋，科学说法是："植株基部形成短缩茎，逐渐累积养分肥大成肉质球茎，称之母芋。"芋头佬儿色泽深，剥开皮，麻子状，不粉，清水煮而不出味。芋头佬儿适合切片，与扣肉同蒸，好吃。芋头佬儿切丝，加点辣椒，加点姜，加点葱蒜，炒，其味不粉，倒是有几分筋道，有嚼头，也好吃。

乡里人吃芋头比较粗鲁，拣芋头仔，洗净了，放锅里连皮煮，就叫煮连毛芋头，待熟透了，就着半碗青蒜叶炖黄豆酱，手剥、蘸酱、食之，如此，直吃得肚儿圆。我当年的一个邻居曾问我，什么东西最好吃，他给出的答案令人啼笑：最好吃的是煮毛芋头，"吃得打嘴不丢"。明朝的屠本畯写过一首《蹲鸱》诗，写的是煨芋头："大者如盎小如球，地炉文火煨悠悠。须臾清香户外幽，剖之忽然眉破愁。玉脂如肪粉且柔，芋魁芋魁满载瓯。"有人说诗里说的是在火塘里煨，我则觉得可能与我们老家的煮连毛芋头情形一致。宋朝有民谣曰："深夜一炉火，浑家团栾坐，煨得芋头熟，天子不如我。"与我邻居所言吃芋头感受也是异曲同工的。

不知别处的芋头，是否在大田里种植？苏中乡下人们种芋头，好像多是种着玩，极少规模化种植。在稻田边上种上一排，在渠沟边种下一路，中秋过后，收获了，一箩一筐就够了，不卖，也不指望它度日，最多送点城里的亲友尝个鲜而已。陆游《蔬园杂咏　芋》："陆生昼卧腹便便，叹息何时食万钱。莫诮蹲鸱少风味，赖渠撑拄过凶年。"说的是用芋头果腹度灾荒年头。在我记忆中，老家人种山芋多，有过以山芋度日的历史，种芋头不多，没有芋头度荒的记载。

老家人善种善收，不管种什么都是恰到好处，芋头也不例外，秋后收上来，收藏起一些芋头种，留待下年，于是，便心存了念想。每年都让母芋生出许多子芋，子芋又生出许多孙芋，年年如是，生活何其美哉！于是想，这芋头的生长习性和长相与我们乡下人何其相似。

扁豆

"一庭春雨瓢儿菜，满架秋风扁豆花。"这条郑板桥留下的联语，将扁豆说出了诗意。郑板桥曾经在离我家不远的丰利古镇长时间逗留，可能在这儿度过一段春吃瓢儿菜、秋吃扁豆的生活，于是留下了这副对联。数百年过去了，当年他所到过的丰利文园早已不复存在，但他的这句"满架秋风扁豆花"却一代又一代，年年被人们在秋风中念起。

作家丁立梅这样写扁豆："扁豆栽在一户人家的院墙边。它们的藤蔓缠缠绕绕地长，你中有我，我中有你，顺了院墙，爬。顺了院墙边的树，爬。顺了树枝，爬……"苏中农家，有多少人没有种扁豆的经历呢？又有多少人家非要将邻里院墙上的扁豆藤蔓分清你家我家的呢？邻里间的扁豆必是处在"藤蔓缠缠绕绕地长，你中有我，我中有你"的情境之中的。

扁豆的加工方法较多，可炒、可烧、可拌。而且，扁豆还有医用和保健功能，百度上说："扁豆味甘、性平，归、胃经，气清香而不串，性温和而色微黄，与脾性最合。"

扁豆在春日里种下，在温煦的春风中萌芽，在烈日下的夏天里疯长，在柔柔的秋风中开花结实，可谓是把住了春秋佳日的两头，度过夏，奔向冬。蔬菜中，又有多少生命如扁豆般阅历丰富呢？

扁豆生长缓慢，生长期长，春天里，它就放出了藤蔓，但整个夏天，它都默不作声，悄悄扩充自己的浓绿地盘；直到进入秋天，秋风吹起来了，它才像接到了谁的指令一般，从院墙上的绿伞盖里突然放飞出万千只蛱蝶，紫的、红的、白的、粉的……活脱脱一只只、一串串蝴蝶，迎向秋风。清代黄树谷有《咏扁豆羹》云："……谷雨方携子，梅天已发秧。枝枝盘作盖，叶叶暗遮旁。伏日炎风减，秋晨露气凉。连朝憧仆善，采摘报盈筐。"秋风中的扁豆花翩翩起舞，带了些许仙气，比众多夏日里的花草还要灵动。

扁豆结荚，简直是一个女子的成长史。原本青青涩涩的如初月，豆蔻年华，微乳细骨，渐渐地，长大了，嫁人了，面相越来越壮硕，骨骼也越来越庞大。

在秋风暖阳里，经历一阵又一阵风，荚中扁豆渐渐长成，嫩嫩的，圆圆的，在豆子的一侧，还精巧地布置了一层花边儿，似画龙点睛般的神来之笔。看着这可爱的一颗颗豆粒，你却想不起它的来历，你或许还会生出一点歉意来，因为，自春天丢下一粒籽以后，一瓢水都没有浇过。一些愧疚在心里升起来，是辜负了扁豆，也是辜负了自己的岁月呢。

秋天，植物们往往显露出籽实丰足、自信自赏的中年状态；

但扁豆却会在飒飒秋风里初露风华!

　　清朝有位叫方南塘的藏书家,喜欢远足。一日突然接到家中老妻的来信,信里并无他言,只是说家中的扁豆花开了,然而,这一下子却拨动了方南塘的思乡之情,随即写诗一首:"编茅已盖床头漏,扁豆初开屋角花。旧布衣裳新米粥,为谁留滞在天涯。"一束扁豆花引出了异乡游子的归乡之心。

　　方南塘的老妻聪明,仅用一架扁豆花,就唤起夫君的乡愁;方南塘多情,用"屋角扁豆花"回味乡情的温馨。

　　扁豆花,灵动;扁豆荚,壮硕;扁豆味,独特。有时间、有心思去看看扁豆,看它们经春历夏,开花结籽,慢慢生成一点秋日收获,很有意思。

　　秋风中的扁豆和扁豆花,将我们的目光引向秋天的深处。

花生

　　在乡村的秋天里,必然会遇见花生。花生的名字很好听,有点浪漫,花生,花中所生。当然,花生还有个好名字——长生果。

　　有一位叫刘炳峰的诗人写过一首《咏花生》:"薄叶黄花发细根,沙田荒土绿成茵。休言丑陋皆麻脸,儿子白胖爱死人。"诗人用妙趣的手法写出花生生长中的特征特性。又有:"一片青葱寄意深,落花何必叹黄昏。秋来捧出长生果,还侬人寿百年春。"让人们从花生上看到了人生。

　　记忆中,种花生最多的是 1967 年。1966 年,家乡新开了一条大河,新河的两岸新翻上来的泥土全是沙土,第二年,队长便在上面种上花生和山芋。秋天,队里获得花生山芋大丰收,人们哪见过这阵仗,几乎铺天盖地的都是花生。

挖花生是很费工夫的,一队人挖了一个秋天,家家门前的场院晒满了花生。

那一年我十岁,对于这一特殊食物是很难忘记的。

在我们儿时,花生属于奢侈品,平时总是被母亲藏在米柜里或者挂在房梁上,"炒花生过年""炒花生待客",这是母亲的讲究,也成了我们儿时对花生的理解。"花生米就酒,越喝越有。""麻屋子,红帐子,里面住了个红胖子。"多么可爱的俗谚和谜语!

这一年过年,母亲大方地舀几瓢花生在锅里炒,而且言明:管吃。

炒花生有几个硬性指标,一是炒熟的花生外壳要保持原色,二是炒好的花生剥开,里面的花生仁必须既香且脆。所以,炒花生讲究慢功夫,讲究铁锅洗涮干净……

花生还可以生吃,记得第一次吃生花生的事。黄昏时分,几个采草的孩子都已经饥肠辘辘,大些的锁儿提议扒点花生充饥。我说,这生花生怎么好吃?锁儿笑笑,很在行地说,这你们就不懂了,生花生很好吃,嫩的生花生就更好吃了。于是,我们就在一块花生地里扒出白花花的一堆花生来,剥开花生壳,露出两粒柔软白嫩的花生仁,只是,在进嘴的时候有点腥味,待咀嚼一会儿,腥味就没有了,还有了甜丝丝的感觉,对于饿肚子的我们来说,这实在是一种美味了。然而,就在我们兴奋地大嚼着花生米的时候,锁儿突然喊一声:"快走,有人来了。"吓得我扔下花生秧就跑。直到跑得上不来气,不得不停下来,才发现锁儿并没有跟过来,一个人在后面捂着肚子笑,他一边笑一边得意地说:

"跑什么呀？这花生地是我家的。"

我们后来还在田埂上烤过花生。在田埂上挖个坑，将从地里扒出的花生放到火上烤。烤花生也很耗费时间，我们常常因为没耐心而将花生烤焦，吃在嘴里不但不香，还有点苦。

那年种花生，队长让社员下地前到仓库领花生种，随即拌上农药，再分给各人去播种。为什么要拌上农药？理由是花生种下地，会招来老鼠和鸟儿，事实上，这只是一个方面，另一方面，也有防人偷吃的意思。

成熟的山芋和土豆的表面会裂开一道道缝隙，以体现自己的丰腴，而花生不，无论是丰还是欠它都不露声色。花生给人的感觉是低调、隐忍，但又不失高贵而可爱实用，这是我对花生高看的地方。

高瓜

家乡的沟塘很多。到了秋天，满沟高草（高瓜的叶）繁繁茂茂的样子，拨开草丛，里面就藏着高瓜。几个顽皮的孩子，将裤腿卷到齐屁股沟，慢慢渡到高草丛边，伸手去勾、拉，提起高草来，查看根部是否有孕肚，如有，就是高瓜了，摘几枝下来，剥去箬叶，洗都不用洗，拿到手就啃，嚼在嘴里甜丝丝的。当然，更多时候，是将高瓜拿回家给大人们做菜。切成细丝清炒，鲜嫩、素净、爽口，或切成片子与蘑菇木耳之类配成一道炒三鲜，味道也很妙。

今人种植高瓜，自以为新奇，以为是创新，殊不知，早在古代，"高瓜"就已经是一种人工栽培的"粮食"作物。当时高瓜有一个专有名称"菰",《礼记》上有载:"食蜗醢而菰羹。"高瓜学名茭白,又称高笋或茭笋,高瓜与笋的确有着几分天然相似的地方。

《周礼》中,将"菰"与"稌""黍""稷""粱""麦"并称"六谷",可见周朝是把"菰"作为粮食种植的。"菰"的种子,叫"菰米"或"雕胡",在前人诗词中,常见这样的叫法,李白在《宿五松山下荀媪家》中写道:"我宿五松下,寂寥无所欢。田家秋作苦,邻女夜舂寒。跪进雕胡饭,月光明素盘。令人惭漂母,三谢不能餐。"杜甫也曾留下"滑忆雕胡饭,香闻锦带羹"的诗句。"雕胡饭"就是用"菰米"做的饭,唐代用它招待上乘之客,据说其香气扑鼻,且得"软""糯"之妙。

知道"高瓜"学名"茭白",是在长大以后。一天,走进菜市场,听到有吆喝声:"茭白卖啦……茭白卖啦……"甚觉好奇,走近了看,青碧的几支一扎,原来是"高瓜"。茭白果然比高瓜来得高雅,听名字就有一种素净水灵的感觉。

高瓜做菜可与多种原料搭配加工,无论蒸、炒、炖、煮、煨,味道都妙,若是与猪、鸡、鸭等相配,烹出的菜肴则更是入味留香。高瓜还可以生食凉拌、酱泡腌制。特别是凉拌、下汤,清新淡雅,很有水乡风味。清代文人袁枚在《随园食单》中曾提到这样几种:"茭白炒肉、炒鸡俱可。切整段,酱、醋炙之,尤佳。煨肉亦佳。须切片,以寸为度,初出太细者无味。"随园老人没有提到茭白炒海鲜的吃法,我想这可能是他生活所处环境的缘故,在我觉得,海鲜茭白色美味香,尤其是茭白炒文蛤当是绝配。

唐代著名中医食疗学家孟诜对茭白给出的评价很高,说它能

"利五脏邪气"，对于"目赤，热毒风气，卒心痛"疗效甚佳。清人赵学敏在《本草纲目拾遗》中对茭白的药用功效记载得更为具体，比如"去烦热，止渴，除目黄，利大小便，止热痢，解酒毒"等等。

去岁秋天，我在老家领略了种植大户的高瓜园，好一幅丰美的秋色图：数十亩高瓜田连成一片，汪汪水面上，一簇簇，一丛丛，蓬蓬勃勃的高瓜叶在风中飒飒作响，一群不知名的灰色、白色大鸟在高瓜田上空盘旋，一会儿飞，一会儿落，鸟儿仿佛在告诉人们，高瓜田深处正有一群采高瓜的人……

回家后，读到陆游的《邻人送菰菜》，内中有"稻饭似珠菰似玉，老农此味有谁知"一句，原来，早在千年以前，陆老夫子就已经在品尝这"老农"之味了。

山芋

山芋是如东西部和如皋东部地区的叫法，全国各地还有许多其他名字，比如红薯、白薯、甘薯、番薯等，吃法也是五花八门，蒸、煮、炒、焖、烤……对我而言，山芋是一种记忆，也是一份乡愁，每次吃它，总是有别样的滋味爬上心头，一些往事，已成为岁月的印证。

我的家乡地处江苏如东西部，南近长江，东临黄海，内陆河网纵横，村居人家尽临水。家乡的那些自然村镇地名也多和水有着密切关联，如凌河、环港、马塘、河口、海河滩、袁码头、时桥等。这里雨水充沛，气候湿润，有最适宜种植水稻和麦子的土壤。

1966年,家乡开挖了一条新河道,由于那是个特殊年代,因此取名红星河,红星河从我们生产队的中间穿过,将生产队劈为两半,河道两岸的河堤全是新翻上来的沙土,听说沙土适合种山芋、花生之类,第二年,生产队长不知从哪儿搞来许多山芋头,带领全队社员将山芋头栽在新河堤上,夏天的河堤上呈现出一片新绿,到了秋天,走近了看到一条条山芋垄子裂出一道道缝,人们一张张紧绷的脸顿时笑成了花——不用再饿肚子了。

收的山芋很多,一时吃不了,便想办法存放。那一年我母亲切了一秋的山芋,也晒了一秋的山芋干。在芦苇秆编织的箔子上晒山芋,成了那年家乡庭院的一道风景。未成干还有几成水分的山芋,味道很诱人,软软甜甜,又有嚼头,能吃饱,母亲却不让我们吃太多,说山芋吃多了会"倒胃",便想方设法为我们搭配一些其他食物。

是的,偶尔吃上一顿山芋确实很美,又甜又香,但是,如果长期食用,那个滋味就不好受。那年,我的祖父生病住院,在医院里,我看到几个前来医院动手术的老人,一问,都说是患了肠梗阻,医生说是因为山芋吃多了,大便不通造成的。

改革开放以后,家乡的面貌一天天发生变化,人们的日子也一天天好起来,饭桌上、饭碗里山芋越来越少,开始讲究品山芋的味道,吃顿山芋稀饭成了对过去的一种怀念。现在,走进饭店,餐桌上的冷盘里居然有了山芋,这让我既感到兴奋又亲切,看到大家对山芋的那份喜爱,心中五味杂陈,许多关于儿时吃山芋的故事在眼前一幕幕浮现。

有一年冬天,我们办公室旁边来了一个烤山芋的小贩,街巷的空气中充溢着一股烤山芋的诱人香味,我特地买了几只烤山芋分给几个同事，其中老康拒不接受我的好意，而且态度坚决，这令我好生奇怪，这时候，老康给我讲了一个他和山芋的故事。

老康是家里最小的孩子，父母在他六七岁的时候就相继去世了，他是由姑姑带大的。姑姑家里穷，天天靠山芋度日，有一天，做手艺的姑父在人家做活，人家给了点大米，回来后姑姑做成米饭，本来是给他和表兄吃的，不料，米饭还没完全熟透，就被表兄盛来一个人悄悄吃了。闻到米饭香却没有吃上，他觉得特别委屈，很伤心，他甚至认为是姑姑有意安排的。姑姑很理解他，抚慰他，给他做工作，说你如果想过上好日子，有米饭吃，你就争口气，好好学习考上大学，找到好工作。姑姑的话激励了他，从此，他发愤读书，成绩直线上升，后来真考上大学，有了工作。他说，小时候吃山芋把自己吃伤了，现在只要一闻到山芋味就反胃。

我对山芋的味道也比较敏感，但山芋的味道对我而言是让我励志，教我做人，这与母亲的教诲分不开。母亲虽然没有文化，但对子女十分严厉，她总是提醒我们，不管将来成为怎样的一个人，都不能忘本，人生的经历就是财富，要我永远记住童年时山芋的味道。

现在生活好了，吃顿山芋成为餐桌上变换的花样，味道也和以前不一样。几天前，有朋友大便不通，医生嘱咐他回家吃点山芋之类通便，这种说法让我有点弄不懂了，以前说山芋吃多了要患肠梗阻，现在又说吃山芋能够通便，到底谁对谁错？

现在的山芋和过去的山芋味道上并没有本质的区别，应该说，是食物丰富改变了我们的味觉，生活条件改变了山芋的味道。

蘘荷

每到夏末秋初时节,如东乡里人家餐桌上便多了凉拌蘘荷,或蘘荷炒毛豆。

如东人有种蘘荷传统,这种植物属于多年生,好种,甚至不用人工照料。一般人家多把蘘荷种在屋后的房檐下面,长长的一排,受檐水的滋润,盛夏时长成浓绿的一片。雨天或风天,风声呼呼,雨声沙沙,蘘荷的杆叶随风倾斜,招摇出一道很美的风情。人们常说"听荷",是说雨打或风吹荷叶声,那个荷是荷藕的荷,但我小时候听得更多的则是蘘荷的叶声。

西晋文学家潘岳的《闲居赋》中有云:"蘘荷依阴,时藿向阳。绿葵含露,白薤负霜。"《本草纲目》卷十五载:"蘘荷,荆襄江湖间多种之,北地亦有。春初生,叶似甘蕉,根似姜芽而肥,其叶冬枯,根堪为菹。其性好阴,在木下生者尤美。"文中将蘘荷的特征和生长特性表述得详细清楚。

蘘荷的可食用部分是蘘荷根旁长出的"笋",盛夏时生出,出土时呈紫红色(也有白色的,系另一品种),嫩生生的,很可爱,出芽后,过十天八天即可以采食。蘘荷老了,会开出乳黄色或白色花朵,兰花般清新淡雅,因为是在泥土里开花,便有了

"观音花"的别号。

蘘荷的吃法很多，煎、炒、炖、烧，皆成美味。蘘荷炒蛋、蘘荷炒毛豆、蘘荷炒文蛤、清炒双荷，均具特色。特别是在吃过大餐后，再来一盘乡野风情的凉拌蘘荷，或是蘘荷炒毛豆，丝丝爽口，缕缕清香，更伴有那股淡淡的药香，让食者渐入佳境。

蘘荷切开，切口呈现的是白生生的内心，绛红色的边须，给人一种超凡脱俗的清新，特别是在烦闷炎热的夏秋时节，更是带给人一份清凉美好的感受。

传统吃蘘荷的方法极为简单，我母亲的做法就是将蘘荷洗净后直接切成细丝，拌少许盐腌一下，逼去汁，滴几滴香油，稍稍一拌就成。即拌即食是最好的，我们往往等不及母亲完全拌好，便用手悄悄从碗中撮出，填进嘴里，入口时那股清凉之感和别样的香气，令人口舌生津，身心愉悦。当然，有些人不爱吃蘘荷，就是不喜欢它身上的那股药味，但喜欢的人却对它情有独钟，越吃越爱。

因为蘘荷是多年生作物，所以人们并不太上心，只是任其自然生长，由于生长的环境比较差，蘘荷常常要经历很多的磨炼，这也养成了它极强的生命力。蘘荷的枝干是无法越冬的，但聪明的蘘荷自有办法，到了冬天，便只留下埋在地下的根与凛冽的寒风抗争，忍受严寒，待到来年万物复苏的时候，它便从根上爆出一个个新芽来。

夏末秋初是蘘荷的采收季节。蘘荷出芽有如春笋，在植株的根部破土而出，初出的蘘荷身披绛紫色外衣，像一个个含羞小女孩，娇嫩羸弱，探出头，静静地观望外面的世界，当然，这时候的蘘荷还不宜采收，一直要待它们的大半个身子探出地面，"小嘴儿"稍稍张开,却又未及全部张开的时候,才是最佳的采收时期。采收蘘荷是很讲究时令的,早了,没有长透,那种辛香味没有充盈圆满,味道不足;采迟了,又会失去鲜脆的特性,纤维老化,口感差。

老家人将采蘘荷叫"掰蘘荷",一个"掰"字,多了几分蘘荷的泥土气息和乡土的味道。

蘘荷曾是如东乡间的田园八珍之一。据研究资料表明,蘘荷富含维生素、氨基酸以及有"第七大营养元素"之称的膳食纤维,素有"亚洲人参"的美誉。蘘荷"其根有赤、白两种,食用以赤者为胜,入药以白者为良"。红色蘘荷采摘期比白色略早,味比白色的辣,纤维含量高,但个头较小;白色的味较淡,纤维含量低,汁水多,个头大。白色蘘荷根、茎、花序还可入药,有止咳化痰、活血调经、清热解毒、明目消肿等功效。

从食用角度看,因为蘘荷长于地下,极少有病虫害,不需要施用化肥农药,属于标准的无公害天然绿色食品,因此,深受人们的青睐。冬去春来,蘘荷就是这样周而复始地生长,默默地为如东人带来舌尖上的美味。

"蘘荷",一个多么清新脱俗的名字,它的花苞虽然没有实用价值,但与莲花的花苞一样,具有"出污泥而不染"之美,更为可贵的是它那默默无言、乐观向上、纯洁高雅的品格,正如一首赞美诗所说的那样:"平生夏日舍边阴,掰出秋光紫青衿。不与莲荷争丽色,仿效竹笋顶尖吟。"

那些树

"门前栽桑,屋后插柳"几成苏中人家的古训。桑者,上也;柳者,搂也。苏中的乡下人把栽树当成一种仪式,刚建了新房,栽树便成了头等大事,什么地方栽一棵什么树都有讲究,而且早已了然于胸。在苏中农村,哪一户人家的房子周围没有几棵像样的树呢?

我发现,在苏中,每一个时期会有不同的树木。

洋槐曾经是二十世纪六七十年代的代表树。可能因为身上拥有一身的刺,所以洋槐又叫刺槐。洋槐的叶为互生,叶片上带有清香味,它在夏天开一种白花,"洋槐花开像飘雪,满院香甜招蜂来"。洋槐最先被栽种在沿海新围的海堤上,作为一种海堤防护林,它的适应性强。尽管刚围起的海堤土壤中盐分的含量很高,却没有能挡住洋槐的生长步伐,不出几年,海堤上的洋槐便长得郁郁葱葱,成了苏中海岸线上的"绿色长龙"。也许正因为此,洋槐逐渐被内地人家大量引种。洋槐树长起来快,且材质硬,我家有一张凳子就是用洋槐木制作的,褐红色,有桑木范儿,不过用过一段时间便现了原形,洋槐制作的器具容易变形。羊特别爱吃洋槐的叶,但人们忌讳它的刺,不敢上树采叶,只能站在树下用长工具从树上往下钩,"咔嚓"一声,断了,于是我们发现了洋槐的弱点,材质虽硬却比较脆。结果,洋槐树在这里只栽种了二十年左右,人们在对其失去新鲜感之后,便不再栽植,甚至于大批砍伐。如今,乡下的洋槐已经罕见,只有捍海大堤上还能见到它的身影。

从网上查得,洋槐是开花树中含蜜最多的树种,难怪那段时间,苏中的养蜂人悄然多起来。

不久,人们又爱上了水杉。

水杉喜欢蹿高,几乎没有弯曲的树形,一律笔直向上。水杉多被栽种在道路两侧,一崭一齐的两条葱茏的宝塔线,一眼望不到尽头,蔚为壮观。水杉长起来也很快,用不了几年就可以作房梁了。直到有人用它作建材时才发现,原来它的材质很松,看似粗大的一支材料,一脚踩上去,却断了!

风中的水杉是极美的,宝塔状的树冠迎风摆舞,也许是为了减负,它不断地从身上抖落针叶,风终于小了,地上铺了一地针叶。我家种过几棵水杉,有一棵就生长在一小片菜地旁边,每年秋后的蔬菜里总是被塞满细细的水杉叶,处理起来很是麻烦。也是很突然,几乎是在一夜之间,水杉就不见了。现在的苏中乡下,只在某户人家房子旁边偶尔看到一株两株水杉,孤零零的样子。这可能是该户口人家为了在房屋旁作一个点缀,或者是为了让孩子认识这一树种,告诉他们,这里曾经种过这种树。

水杉迅速的来和去,或许给人带来某种启示。

人们对泡桐喜欢的时间相对长一些。桐,一个唯美的名字。泡桐矗立在家家户户的庭院外,树形诗意而挺拔,暮春时节,泡桐高大的树上开出一片紫色云霞,泡桐的花像一个个小喇叭。泡桐硕大的绿叶婆娑着，给酷暑洒下一片清凉。夏雨宣泄的日子里，泡桐树下成了遮风避雨的好地方。淘气的孩子，逢到雨天偏偏朝屋外跑，他们既不打伞也不戴斗笠，跑到泡桐下折一片大树叶顶在头上，奔跑开去。大人喊得越厉害他跑得越快，那硕大的翠屏遮挡着孩子毛茸茸的头，散发着一路鲜嫩的味道。

泡桐不仅仅有浪漫，它也有撒泼的时候，我家门前的那棵泡桐，就曾经利用一个大风天，倾下身子，用它的巨枝把我家的老屋屋面戳了个大窟窿，还把责任"嫁祸"于大风。

泡桐虽然高大，却十分低调，它从来不张扬，没有繁华，所以也没有落寞。

银杏在苏中曾经风光一时。好端端的银杏树，在齐人高的地方被拦腰一锯，创面上嫁接三五个枝丫，雄银杏立时变性成为雌银杏，可以结银杏果了。乡里人家多爱跟风，赶紧买树苗，长到三五年，请人帮忙嫁接。银杏的嫁接费不菲，一棵树就是上百元，人们却还是舍得。一时间，苏中几乎成了银杏之乡，原来挺拔耸立的银杏林，立时变成了多枝丫的平头树，银杏的枝丫像一条条巨擘伸得很长很远。果然，不出几年，银杏挂果了，秋天的银杏树上，挂满了金黄的银杏果，煞是美丽，那几年，苏中的秋天里，银杏与水稻拼抢秋色的风头。可惜，美倒是美，只是那银杏果没有人收购。据营养学家称，一个人每天只能食用几颗银杏，吃多了不好。当年请人嫁接银杏的老人们只能眼睁睁地看着银杏在风雨中飘落一地，"零落成泥碾作尘"，那种香便不再有。

洋槐、水杉、泡桐、银杏这些树在苏中有点像走马灯，匆匆地来，又匆匆地走，至今，苏中的老树还是那些老面孔："门前栽桑，屋后栽柳""桑树杨树、楝木檀树""九楝三桑一棵槐，要用黄杨转世来",这些乡间俗谚或顺口溜,告诉了人们,这些树才是正宗的苏中地产,而桑树楝树则是老家人种得最多的树。老家人种树,注重的是实用性。桑树的优势明显,几乎是老少咸宜,贫富适中:一是材质好,细腻,耐用,适合制作家具;二是成材不算太慢,人的一生能够用三代桑树,不算少了;三是它的叶可用于喂蚕,蚕桑是苏中乡下的一大产业。还有,在炎热的夏天,桑树上结出的一树桑葚,那可是儿童的最爱……

苏中乡里有一个故事,说有一后生去人家访亲,长辈怕他不识人家家具材料,担心到人家失礼,便吩咐他,但人家只要问起他家的家具是什么材料的,你只管说是桑木楝木的,肯定错不了。

可想桑树和楝树在苏中乡里有多普及,又是多么受欢迎。

榆木也好,但是榆木难成材,说人的脑筋不开窍,就调侃他是"榆木疙瘩"。既然不容易成材,为什么还要栽它呢?榆树的命硬。三年困难时期,多少人家榆树上的榆钱、榆树叶甚至榆树皮都被扒了吃掉,但它还照样长。所以现在人们谈起榆树,往往记着的是榆树曾经做出的贡献。

现在的苏中人家还有栽榆树的,但他们不再考虑榆树的食用性,而是利用榆树挣钱。榆树的根能造盆景,而且是效果奇异,千姿百态,风情万种。

柞榛是苏中乡下名树,早年似有传言说柞榛被定为南通市树,没有考证过不知是真是假,但柞榛难长。虽说柞榛不像黄杨般的"要用黄杨转世来"那样漫长,但一辈子能长出一代柞榛来也就不错了。柞榛木制成的家具的确是好,在苏中乡间但凡祖传木器,多是柞榛之料。因此,柞榛有苏中红木之称。

苏中乡间，还有很多传统的花木果树，我跟一位乡下老人谈起苏中乡下的花木果树，老人如数家珍般随口道出：桃树、杏树、枣树、梨树、柿树、香橼、皂荚、桂花、栀子、蔷薇……这些草木，或可食，或可赏，曾经造福于苏中数百年甚至上千年。

多少年来，整个广袤的江海大地几乎都被绿树覆盖着，村庄深藏在树木的环抱之中，房舍深藏在树木的枝叶之间，鸟儿雀儿们叽叽喳喳很是热闹，你却就是看不到，它们被花木护佑着。野地里长出的树，多是风和鸟送去的种子，生长随意，姿态天然。野生的和家栽的树搭建起了村庄的翠绿屏障，也搭建起了苏中乡下人的婆娑生活。

岁月里的许多人，村庄里的许多事，人们多记不清了，树却记得。它们见过农人挑水抗旱的蹒跚身影，它们也看到沉甸甸的果实把人们压得弯腰驼背。一代又一代人走了，但是树还在，它们粗糙的老树皮上布满沧桑裂纹，枝头依然泛着苍翠碧绿，它们骨骼坚硬地屹立在村庄的里里外外。

苏中乡下的那些树，生长在各自的领地上，它们点缀了环境，净化了空气，有奉献，有功劳，但不排除它们偶尔也耍点儿小脾气，这一秉性与种它们、护它们的主人倒也是有些许相似之处。

儿时食物

作家安妮宝贝说，人所习惯并带有感情的食物，总是小时候吃过的东西。随着童年的逝去，那些曾经的食物便成了内心深处的一种念想，留在记忆里。

逝去的不一定是最好的，却是最值得珍藏的。

零食

苏中乡下，一年四季，炊烟袅袅，流水淙淙，那广阔的田野是我们儿时的天堂。上树摘果子、掏鸟窝、下河捞鱼、摸虾、捉蟹，田间地头上拔茅针、掐蒿儿、挖荠菜、扒山芋，几乎成了我们每天的必修课。肚子饿了，就漫山遍野找吃的，大自然成了我们的零食铺。

经验告诉我们，自然世界里，哪些东西可以吃，哪些不能吃，哪些东西可以直接吃，哪些需要加工了吃。"自然零食"，藏于田野，埋于心底，如童年记忆的味觉密码，随时触及，即可打开。

春天，当大地返青的时候，野地里的茅草长出脆生生的嫩芽，这便是拔茅针的季节。在遍野的茅草丛中，我们用特有的目光，寻找着目标。茅针的特征是，上面有尖尖的叶，微红，下部有鼓鼓的肚子，那里面便是我们喜爱的茅针肉。清晨时的茅针最好，这时，叶片上还挂着露珠，茅针上翠绿湿润，这时候采摘，格外清新甘甜。

我时常在清晨或黄昏的时候跟随祖父去放牛。祖父本是不让我去的，我偏要跟着，祖父知道我的用意："你就记着茅针。"一个清晨下来，我的身体都被茅针的香甜味儿浸泡着，牛儿漫山遍野啃草之际，我也接受着大自然的馈赠。一个老人，一头老牛，一个拔茅针的牧童，现在想来，画面一定很美。

繁衍在田间地头、房前屋后的杏、桃、枣、梨、石榴、柿子、橘子等，总是你方唱罢我登场，精巧的，水灵的，大颗的，小粒的，它们应时垂挂，招惹着一群"馋猫儿"眼巴巴地盼着它们早日成熟、泛红、飘香，嘴上啃、口里嚼、手里拿、兜里装，品尝各种酸酸甜甜香香的滋味，乐乐呵呵地与伙伴们分享。

桑葚是田间瓜果的补充。老家的人们把桑葚叫作桑枣，桑枣是正宗的野果，栽桑人家栽桑肯定不是为了结果食用，纯粹是顺便所得。桑枣成熟于春末夏初，成熟时的桑枣新鲜嫩紫，一簇簇挂在枝叶间。桑枣好摘，好吃，熟透了的桑枣，只要抱住树身用力一摇，呼呼呼便落下一阵桑枣雨来，孩子们纷纷上前抢拾，抢食。只是到头来，一个个成了黑嘴巴，谁也别想抵赖自己吃了桑枣。

甜芦稷好吃。甜芦稷在乡下孩子眼中几可与甘蔗媲美。甜芦稷秋熟，是一种专门种植的甜零食，因为我家兄弟姐妹多，我母亲是年年要种一些的，甜芦稷曾带给我们童年许多乐趣。

生花生也是好吃的。挖花生季节，大人一般带孩子下地，一边挖，小孩子一边偷剥着吃。于是，有几年生产队作一条规定：大人挖花生不得带小孩！

山芋是秋天送给孩子们的礼物。饿了，走到山芋地，专挑鼓起来的山芋垄，顺着裂了的地缝一扒，一提一嘟噜，客气点的拿到河边用清水洗洗，不客气的在衣服上擦擦，就咔嚓咔嚓啃嚼起来。

经过加工的食粮，是有点层次的零食了。

花生、黄豆、蚕豆、番瓜籽、葵花籽晒干，锅里一炒，香脆可口；柿子削皮、红薯切片、萝卜切条，晾晒后，即可得到软糯的柿饼、山芋片、萝卜条，如此种种，皆为填充生活，打发闲暇散淡时光的好零食。

"自然零食"总是随季节变换、轮番登场，它们身体里浸润了阳光、风雨、空气的芳香与灵韵，绿色、生态、朴素、寻常，算不得什么美味，但绝对是最顺口、最对胃、最养命的好东西，生生不息，滋养着一代代庄稼人。

过年的时候，有一样东西最值得期待，那就是爆米花，我们这里叫炒炒米。炒炒米的人一到年关就会准时出现在村头，自炒米机第一声爆响起，村子里的小孩子们便奔走相告："快来哟，炒炒米的人来啰！"孩子纷纷蜂拥而来，有的提着两斤大米，有的端半瓢蚕豆或玉米，一会儿工夫，随着一声巨响，布袋里就有了好吃的爆米花、炒蚕豆、玉米花。大人对这些东西是放松管制的，不会藏着掖着，装在米柜上的炒米罐子里。我想放松管制的原因可能有两个，一是快要过年了，让孩子们快乐快乐；二是这些物品都是自产的，成本极低，不用心疼。我们当然快乐无比，所以，总是盼望着过年。

常听小伙伴们说蜂蜜好吃，而且取蜂蜜的方法也很简单，只要将蜜蜂抓住，将嘴巴凑过去，伸出舌头，在蜂尾上一舔，甜甜的蜂蜜便留在唇齿之间了。听他们一个个说得令我动心，终于有一天，捉到一只蜜蜂，按照伙伴的方法，大胆地将嘴凑到蜂尾上，不料，一阵钻心的疼痛袭来，舌尖被蜂蜇了一下，肿了好多天。

野味

农村长大的人，不会忘记儿时曾经吃过的"野味"。

关于野味的释义，百度上这样说："指猎取得来的做肉食的鸟兽。如野鸡、野兔等天上飞的、地上跑的、水里游的野生动植物，非人工饲养。"儿时的野味，并非这些，更多的是小伙伴们在野地里挖野菜、采猪草时遇到的能吃的东西，田野上生长的零零散散的野草、野花、野果，即便是上辈人栽下的七零八落无人过问的几棵桑葚树，或者是长在野地里的一棵野枣树、毛桃树等等，这些树上的果实，统统在我们的野味之列。吃是一味，玩又是一味。

有几棵桑树，是难以忘记的。

在老家村子河西有一个叫"西荒田"的地方，那里早年是埋死人的乱葬岗，遍地的坟包，新中国成立以后，人们提出向荒地要粮的口号，大力开垦荒地，到农业学大寨的时候，西荒田的荒地几乎都平整出来种上了庄稼。最后，只剩下西荒田东南角上的几棵桑树孤零零地站立在那儿。

农家的孩子，学前的时候白天多跟着大人下地，他们在田间摸爬滚打，浑身弄得像泥猴子似的，他们的目光投向四处，寻找好吃的好玩的，于是，便盯上了地头的桑树。

桑葚熟了的时候，红红的、紫紫的、黑黑的，孩子们爬到树上去，大些的孩子骑坐在树杈上边摘边吃，小些的孩子站在地上，仰着头朝上看，等待他们晃下桑葚来，好捡了吃。因桑葚有的红、有的紫、有的黑，吃得一个个嘴唇发紫发黑，吃过后，相互取笑："你看你吃的嘴巴，像什么？""你别说我，你看看你自己的吧！""哈哈哈……"这当是我们儿时最美的野味了。

乡下的孩子把甜玉米秸也归类于野味。农家孩子对甜玉米秸很有经验，走进玉米地，他们一眼就能分辨哪些玉米秸是甜的，好吃，好吃的玉米秸又叫作甜秆儿。甜秆儿比一般玉米秸略显细小，质地比较硬、脆，水分比较充足，咀嚼时，甜甜的汁液满口生津。采猪草羊草累了，口渴了，到地里寻一根甜秆儿，折断，坐在田埂上大嚼一顿，当是一种享受。甜秆儿也曾是大人劳作休息时的一种消闲食物。在甜玉米秸当中，紫色的往往会更甜一些。大人常常训诫孩子别吃甜秆儿，说甜秆儿吃多了会生蛔虫。我们怀疑大人们的这种说法有限制孩子们乱折玉米秸之嫌。

儿时还常到坡地上挖茅草根。茅草根晒干了可以当烧草，茅草根白白的，在地下连成了网络，无论怎么刨总是没有穷尽。记不清从什么时候开始知道茅草的根好吃，反正挖茅草根的时候，就爱挑上一些粗壮的，放到河水里洗一洗，一节一节地咀嚼着，感觉很脆很甜，这可是原汁原味的野味！

枸杞算不算野味呢？儿时割草的时候，有时也会碰到枸杞。那时的枸杞很多，荒草丛中，这里一蓬，那里一蓬，平时看不到，成熟的时候，红艳艳的果实暴露了它们的目标，一簇簇的，开始是青黄的，接着变成橙色，渐渐地又红了。成熟了的枸杞很好看，想吃却又不敢，母亲说有蛇从上面游过。我生性胆小，不敢尝试大人不准碰的东西。西场上的锁儿不怕，他说好吃，而且吃过，于是给我做示范，我胆战心惊地摘一个放进嘴里，一嘴的酸涩味，不好吃。从此，我只是喜欢它的色彩。

儿时的野味，并没有飞禽走兽，如果说有的话，也只有鸟蛋、野鸡蛋、野鸭蛋之类，儿时的野味多属于自己开发，我摘过野毛桃，采过野草莓，拾过野蘑菇……儿时的野味滋补了我们的身体，丰富了我们的生活，增添了我们的欢乐，今天，它又给我们带来美好的回忆。

蒿儿团

蒿儿团是清明节的时令食品。

一些地方，将蒿儿团叫作青团，这也不无道理，因为蒿儿团一身青碧，一副油旺旺人见人爱的样子。

清明吃蒿儿团的习俗流传很广。据《周礼》记载，"仲春以木铎循火禁与国中"，百姓息炊，"寒食三日"。每逢寒食，人们不生火做饭，只吃冷食。在北方，老百姓吃的是事先准备好的枣糕、麦饼等，南方则多为蒿儿团。《诗经·小雅》中亦有"呦呦鹿鸣，食野之蒿"的诗句。明代《七修类稿》中说："古人寒食采杨桐叶，染饭青色以祭，资阳气也，今变而为青白团子，乃此义也。"

蒿儿团更是清明节祭祖不可或缺的祭品。

每到清明节,母亲就会带我们到野地里"掐"蒿儿。这时的蒿儿很嫩,脆脆的,只要用手轻轻一掐就下来了。"蒿儿"是一种草,亦称青蒿、香蒿、面蒿等。它在百草之中是很好辨认的:它有青碧的叶子,叶子边上呈锯齿形状,叶背有一层薄薄的白色绒毛,一副纤纤弱弱的模样,身上带有淡淡的艾草味。母亲在地里转一圈,我们还是两手空空的时候,她的篮子里就已经有半篮鲜嫩的"蒿儿"了。

母亲将洗净的蒿儿放在锅里煮开,随即捞出晾凉,然后倒进早已备好的糯米粉中,搓啊揉啊,直搓得蒿儿和糯米粉"水乳交融",直揉出一个翠绿色的大粉团。母亲将大粉团按扁,切成一小块一小块,这时,姐姐妹妹们和我伸出几双洗净的小手,领取母亲"赏赐"的一只只小米粉团,然后抓在手里使劲地搓、揉、捏,最后成为一个个小圆子——蒿儿团,可惜,我们照着母亲的方法,却就是搓不圆,不是搓成一个长条儿就是捏成了一个扁饼,惹得娘几个一片笑声。我们所做的蒿儿团最后还是要经过母亲再加工,才能摆上蒸箩。

蒿儿团入锅只是十几分钟光景,一股带着蒿儿和糯米的混合气味就从锅沿边溢了出来,袅袅地散发在空气里,诱得我们一个个涎水欲滴,直喊"肚子饿了"。这时的母亲偏偏是那样地不紧不慢,又是要拿来竹筛,又是要准备水盆,等这些事情弄完了,才终于掀开蒸蒿儿团的锅盖,随着热气升腾散尽,一个个青碧如玉,幽幽地透着翡翠般光泽的蒿儿团展现在我们眼前——好美呀!

母亲将手醮一下水,拿起蒿儿团,一一摊放在竹筛里,到这时,她似乎才忽然想起身边的我们,用筷子夹起一个来,吹一吹，然后一一递给我们，我们早已经迫不及待，接过来，一阵狼吞虎咽。母亲知道这时的蒿儿团已经凉得差不多了，不再担心我们被烫了，她看着我们那副"穷相"说："慢点儿吃，以后有你们吃的。"其实，我知道，哪能保证我们"有得吃"呢，那时的清明节，为了让我们能吃上蒿儿团，母亲可是很费了一番心思的。因此，每年吃过蒿儿团，我们就又开始了对来年清明节蒿儿团的期待。

如今的我们当然不会再期盼蒿儿团了，但每到清明时节，还会重温母亲做蒿儿团的情景。母亲的蒿儿团，和着亲情，掺着挚爱，依然清香如故。

粽子

"粽子香，香厨房；艾叶香，香满堂；桃枝插在大门上，出门一望麦儿黄；这儿端阳，那儿端阳，处处端阳处处祥。"是民谣也是儿歌。

端午节的早上，我的祖父拿起一把钩刀，走到屋后去割艾草，随后，又到长有菖蒲的小河边割菖蒲，拿回家扎成一个个小把儿，插在房子的门檐上，祖父说艾草能避邪，菖蒲能驱妖。那几天，我从门下走过，就能闻到一股带有中药味的清香，也就有了过端午节的特殊感觉。

端午节的前一天，中午放学回家，看到母亲在淘米，是一年难得一见的雪白的糯米，然后又下到门前的水塘边上打芦苇叶（柴箬子），祖父找出上年秋天收下的"玉草"，母亲将玉草跟芦苇叶一起放在锅里氽，屋子里飘起箬叶的味道。哦，今晚我家要包粽子了。

晚上，油灯下，我们一家人在簸箕旁围成一圈，会包粽子的包粽子，不会包粽子的打下手。在我家，只有父亲、母亲和二姐会包粽子，因此，这一天他们是主角。

盛糯米的淘箩放在簸箕的中央，淘箩里放一只用来舀米的小酒盅。包粽子的几双手，一会儿这个取柴箬，舀米装米，捆扎；一会儿那个取柴箬，舀米装米，捆扎……捆扎粽子的时候由于有一只手要用来捏住粽子，所以只有一只手操作，就需要用牙来帮忙了，牙齿咬住"玉草"的一端，一只手拽住另一端，在粽子上缠绕两圈，然后打个结……这后面就是打下手的事了，他们把粽子上的废芦苇叶尖剪掉，以五只粽子结在一起为一提。

父亲母亲和二姐三个人所包粽子样式不尽相同。母亲包的是"插箬粽子"，先用一片箬叶卷成三角形的斗状，再在上面一片一片地插叶，裹成后装米，最后将箬叶尾折绕成三角形的屁股就成了。也许是母亲的手小，所以母亲包的粽子总是尖而细，屁股歪歪的，显得很文弱的样子，我常将母亲包的粽子与病西施联系在一起，母亲的粽子不就是病蔫蔫的么！印象中的插箬粽子不太结实，吃在嘴里比较柔软。父亲做什么事都大咧咧的，而且手大，因此，父亲包粽子号称"一把抓"，"一把抓"粽子包起来快，将三五张柴箬排成一排，一裹，一个大大的三角形"斗儿"就成了，然后装米，装好后，父亲还要在箬叶上拍拍，这样，"一把抓"的质地就很结实，吃在嘴里口感劲道，有咬嚼。二姐是既能包"插箬粽子"又能包"一把抓"的。

端午节那天，母亲将她包的"插箬粽子"剥给祖父和我们，父亲和出工的姐姐们则以吃"一把抓"粽子为主。后来我才知道,"一把抓"粽子比较结实,老人吃了不容易消化,小孩吃了会造成"滞食",母亲真是考虑周全啊。

端午节,一家人裹粽子的时候,祖父就坐在一边静静地看,看着看着,就打起瞌睡来,父亲叫他先去睡,祖父惊觉,呵呵一笑,捧起水烟袋,咕噜咕噜地吸上一阵,眯着眼睛依然坐在那里,一直坚持到粽子包好,他才起身烧锅煨粽子去。哦,原来祖父也是有任务的,他在等着做他的事情呢。

包粽子的日子,最开心的当然是我们小孩子了。我会坐在大人的旁边笨手笨脚地学着包粽子,裹了散,散了裹,一遍又一遍,不厌其烦,当然,我们还要帮大人递送扎草。有时候包粽子,母亲还备下了赤豆或花生米,我们就抓了赤豆或花生米,等着放进一只只粽子里……我们好忙啊!到第二天早上,吃到这些粽子的时候,心里会想着这其中还有自己的一份"功劳"呢,便觉得格外的香糯。

端午节中午是要吃雄黄酒的,祖父说雄黄酒能防"蛇龙百脚"。他要求我们每个孩子都喝一点雄黄酒,孩子一律怕辣,祖父就用筷子蘸上一点,让我们一个个伸出舌头舔一舔。

端午节的老人事情真多,真开心。

水酵饼

水酵饼其实就是酵水馒头。水酵饼是初夏季节的食物,但这时有了它另一个名字——水酵饼。

春末夏初,正值农村青黄不接,地里的庄稼还没有成熟,家里的存粮已经告罄,而且地里的农事渐紧,大人们一个个饥肠辘辘,于是,那双眼睛就紧盯着麦子:抽穗了,扬花了,转黄了,"小满三天望麦黄,再过三天麦登场",他们勒紧了腰带,不就三天么!

终于,开镰在即了。老农人站在麦田埂上,跟着一片麦浪笑。他在心里估算着今年麦子的收成,琢磨着未来殷实的日子,想着想着手就痒痒了,不由自主地下到地里,在麦穗上抚摸着,像是抚摸自己孩子的头一样充满温情。摸着摸着,忍不住掐下一支麦穗,放手心里搓,"噗——"一口气吹去麦芒和麦衣,圆润饱满,还有点"胖种儿"的麦粒乖乖地躺在手掌上,捏一粒,放在嘴里嚼,闭上眼睛,一副陶醉的样子,又捏一粒放进嘴里。最后一仰脖子,把手里的麦粒全倒进嘴里嚼着。这时的农人就像个贪嘴的孩子,耐着性子品尝着新麦的甜美,仿佛这近十个月的等待就是为了这一刻。

"黄金落地,老少弯腰。"这"黄金"就是麦子。麦收的日子,村子里所有人就都会走出门去,"麻雀也赶收拾场",他们割的割,挑的挑,打的打,晒的晒,扬的扬,那些还不会割、打麦子的孩子们,被母亲赶进麦田去,捡拾遗落的麦子。待孩子们一回到家,母亲拿一柄连枷,把他们捡拾回来的一把把麦子平摊在地上啪啪地打,然后理去秸秆,扬去麦壳,晾晒,上磨。磨出面粉来做饼——水酵饼(也许是它既可以蒸在锅里,又可以贴在锅上的缘故,所以不叫馒头而叫饼)。每年,母亲都要在大量麦子登场之前,就要提前让一家人品尝这新谷,而且总是以水酵饼作为一年一度的尝新谷方式,这可是今年登场的第一批粮食,而且是孩子们捡回来的!

水酵饼里饱含了孩子们劳动的汗水,水酵饼里有今年麦子收成的消息,水酵饼还是母亲对孩子们劳动的褒奖和居家过日子的艺术。

做水酵饼是母亲的拿手戏。老酵是陈年腊月做馒头时留下的,还带着浓浓的腊水味道。初夏天气,老酵泡不上两天就可以发酵了,新面粉和上老酵水,做出的水酵饼,白、绵、酥、香,浓浓的老酵水香味缭绕了整个屋子,又逸飞到院子里,充溢了一村的香,诱得孩子直流口水,终于又见到告别了近半年的白面馒头!这让他们感到异常亲切,就像遇见久别重逢的亲人一样,忙在身上擦拭着双手,迫不及待地扑过去。

水酵饼啊,你让我盼得好苦!

望着孩子狼吞虎咽的样子,母亲用带着面粉的手擦着眼睛,心里比他们更甜,嘴上却嗔骂一声:"慢慢吃,以后吃的日子多着呢。"

"紧收夏熟慢收秋",用不着几天时间,麦子就抢收完了。待新麦普遍下来,一家家在做过水酵饼后,找出了那根擀面杖来,开始了擀面条的细致生活。

吃过水酵饼的母亲们,把往后的日子安排得井井有条,过得有滋有味。

豆酱

进入伏天,乡间便弥漫起一股浓浓的酱香味儿了。

做酱,是乡下人伏天里的生活内容之一。三伏天里,乡下的左邻右舍们很少有人上街买菜,自家做的豆酱,便是平时一日三餐中的美味佳肴。

我小的时候，先是看邻家奶奶做酱，后来，又看母亲做酱，于是，便熟悉了做酱的一套"工艺流程"。

先是拣豆。农家老婆婆拣黄豆，是将黄豆舀在竹筛里（要适量，不宜太多），两只手端起竹筛，让竹筛稍稍倾斜，然后，两只手轻轻地颠，竹筛里的黄豆便随着竹筛的晃动，向一侧"跑"动，饱满的、浑圆的上好黄豆理所当然地冲在最前面，不用拣，竹筛的下方全是上好的豆子，也是做豆酱的第一原料。

其次是磨面。磨坊里，石磨的旁边放着筛面粉的簸箕和罗筛。母亲头上扎一块羊肚子手巾，忙着筛面粉。用罗筛筛面那是需要细功夫的。罗筛的口径比竹筛小很多，而且，筛面用的是一种绢丝，因此，必须少装多筛。筛时，母亲的两只手端着罗筛，颠颠摇摇，还要不时在筛帮上轻拍，面粉随着罗筛的晃动和拍打纷纷扬扬飘逸而下，其时，整个磨坊里便弥漫起小麦的香气，也飞扬着满屋子的粉尘，它们飞起来，附着在人的头发上、脸上、身上，只要在磨坊里待上一会，你就成了白发白胡子"老公公"。

磨面的磨坊里，除了石磨嗡嗡之声外，还有母亲筛罗筛发出的笃笃之声。

煮黄豆是做豆酱很重要的环节。将黄豆煮熟，凉透，然后滚上面粉，再放在竹箔上或簸箕里。豆子上面加盖青草，以便增加温度湿度，令其加速发霉。待三五天以后，豆面便成为酱果，上面是"霉迹斑斑"，那就是人们所说的"豆酱黄（王）子"。

泡酱是做酱的最后一道工序。烧起一锅盐开水，倒在缸里冷却；然后，再把泛着霉斑的"酱王子"倒进缸里浸泡。有些人家怕把握不准盐水的咸淡，便以鸡蛋作标准，放一只鸡蛋于盐水里，若鸡蛋沉入缸底，则盐分不足；如鸡蛋浮在水上，则含盐过多；鸡蛋处于半沉半浮状态时最好，咸淡相宜。

泡完酱，还松不得气，接着还要晒酱呢！

晒酱增味。将泡好的豆酱缸置于太阳底下，接受阳光的照射，少则二十天，多则一个月，直到酱汤晒得红红的，飘出浓浓的酱香来。晒酱的同时，也要露酱。就是在夜间，将酱缸敞着口，任由这满满的一缸酱暴露在星光下，接受清风的扫拂和清露的光顾。

听乡亲们说，星露了的豆酱味道会更香、更甜、更鲜美。

儿时的我们对豆酱满含期待。放学回到家，首先要跑过去看看酱缸，看着发红的酱，嗅着酱的香，便盯着大人问："什么时候可以吃豆酱呀！"祖父直说还早呢，还早呢。他叫我去制作防苍蝇的网具，用作酱缸的封盖。用竹片盘成一个口面与酱缸相似的圆箍，然后，在上面一遍遍罩上蜘蛛网具，放在酱缸上面正好。蜘蛛网具能拒苍蝇，却不遮太阳，也不挡星露。我很乐意做这件事。因为，自己多少也为豆酱这一美味做出过贡献。

吃上豆酱一般要到立秋以后。某天早上，醒来的时候，突然闻到一股豆酱香味儿，我就知道祖父炖豆酱了，便迫不及待地赶着要吃早饭！葱果儿或蒜叶儿炖出的豆酱味道的确不是一般的香，我吃一口粥就得吃一口酱。祖父说："豆酱咸着呢，别吃太多。"我却是吃了还想吃，有酱的日子，我的饭量也突然变大了。甚至在学校里心里还在想着中午的午饭是不是有豆酱。

从秋到冬，农家的餐桌上一直飘着豆酱的香味。

农家做的豆酱，不仅仅自家吃，它也时常充当友谊的使者，成为邻里亲友间的馈赠品。"嫂子，送碗豆酱你尝尝，新做的。"母亲说。过几天，邻居大妈也回赠一碗来。在豆酱的来来往往中，增加了邻里间的亲情。当然，内中也有一种比拼的意思，看谁的手艺好，酱里面体现着过日子的本事呢。

炒盐豆

日前看到一篇《炒盐豆》的文字，似又闻到盐豆的阵阵香味，勾起了我对盐豆的记忆。

盐豆，在如东西路人的口中是带有儿化音的——盐豆儿。盐豆儿包括黄豆盐豆、花生米盐豆和蚕豆盐豆，其制作工艺基本相似。

我就是吃着黄豆盐豆长大的。

那个年代，农村的孩子实在没有什么好吃的，只有这黄豆盐豆了。高晓声先生在小说《李顺大造屋》中说，李顺大家煮菜时里面放几粒黄豆就算放油了，我们直接吃黄豆，那不就是在吃油呀。炒盐豆其实很简便，不需要用任何佐料，所以那时的乡下人常吃它。

我家炒盐豆的事总与母亲分不开。晚饭吃过，我坐在灯下做作业，母亲将锅碗洗好，用木瓢舀来黄豆，我知道她又要炒盐豆了。母亲先将晒干的黄豆在竹筛里"跑一跑"。她把黄豆竹筛端在手里，作30°倾斜，两只手将竹筛轻轻一颠，饱满的黄豆便纷纷向下方滚跳，这就是"跑黄豆"，竹筛下方的黄豆便是盐豆用料。

然后才是炒。

母亲开始炒盐豆的时候，我们兄妹几个都争着烧锅，母亲便问一声："作业可做完了？哪个做完了哪个烧锅。"在我们家，帮母亲烧锅是一种奖励呢，只有作业做得快做得好的孩子才有这个资格。

烧炒盐豆的锅，有一个好处，可以通过灶台上的小窗口看炒盐豆的全过程，我就是在烧锅中见识了母亲炒盐豆。母亲在炒盐豆前先备下小半碗盐卤（即用开水冲一小匙盐），置一边备用。待锅子烧热，母亲将黄豆倒入锅中，先是慢炒，渐炒渐快，至黄豆近熟，母亲把预先备好的盐水注入锅中，盐水在锅中发出"嘭"的一声，锅上腾起一股白烟，烟雾中弥漫出盐豆好闻的香味。盐水快速地被黄豆吸收，盐卤又迅速地将黄豆包裹起来，成为黄豆身上的"衣"，使黄豆变成"白豆"，待黄豆在锅里有了脆脆的响声，盐豆这就可以出锅了。看母亲炒盐豆久了，我知道了炒盐豆的标准，黄豆由淡黄色变为乳白色时，这盐豆就成了。

锅烧多了，我也知道了许多炒盐豆的讲究：炒盐豆宜用铁锅；炒盐豆火力不可太猛；炒盐豆时锅铲不能停顿……

母亲生病以后，不能再站到锅台上，炒盐豆时，一般就由母亲烧火，我炒。母亲坐在灶膛前给我讲炒盐豆的"经验"：炒盐豆要观其色，听其声，闻其味。看，黄豆的颜色，跟未炒之前比，色泽略有加深，太深了就过火了；听，黄豆在锅中有噼噼啪啪的爆裂声，但不能等到全部爆裂，有少数几粒就行了；闻，煸炒一会儿，锅中便有淡淡的香，渐次，香味变浓，这时，第一道工序便已经大功告成。母亲还会不失时机地补上一句："炒盐豆的关键是不能懒，要手勤眼快。做什么事都一样，要勤快！"母亲这不就是在对我谈人生吗！

接着是注盐水。

我家炒盐豆的佐料只有一件——盐。母亲用盐，只是个约数，炒半瓢黄豆，一小匙盐，正好。盐卤入锅的时机很重要，早了，黄豆还没熟，吃时有腥味，过了，盐豆有焦味。后来在母亲的指点下，我也成了炒盐豆"专家"。炒出的盐豆既香且脆，酥脆可口，入口齿颊生香。

墙内一树梅

　　每天都要从镇政府大院的院墙外走几个来回。大雪节气后的一天,途经那里,忽然闻到一股幽香,抬眼望去,原来,从院墙上方探出几根梅枝来,不用说,香味就是从那上面散发出来的。

　　我绕过院墙,走到大院里的梅树下,我想看个够,我想闻个够。

　　蜡梅,只有在寒冬时节才会被人关注。在整个春夏秋天,我对这株梅树一直视若不见,直到闻到这香气才唤起了我的注意。

　　说不上这棵梅树是什么品种,只看到她的树形和花状都不是很好看,枝是杂乱无序,花是就枝随形,我想,如果不是暗香,如果不是"凌寒独自开"的特性,可能只会被人们当作一棵杂树而已,何谈什么"花中四君子",更无法成为四君子之首了。

　　我围着梅树,饶有兴味地观赏着,但见一朵朵倒扣着的梅花恰如玉碗儿一般,纯洁而质朴,从形体上看,她们内敛而低调,似乎不想去打扰外面的世界,这让我想起那句"傲骨梅无仰面花"来。

　　蜡梅的花期比较长,从入冬以后,到春寒料峭之时,长开不败,但她亦如其他花儿一样,有过含苞之期,有过繁花之季,终至也会落英缤纷，或随风飘去，或坠于地上，化作护花春泥。

蜡梅没有牡丹的风姿绰约，国色天香；亦没有月季的硕大花朵，四季常开；没有荷花的端庄清丽，高贵典雅；也没有菊花秀丽多姿，赏心悦目……但它也有其独特处，她独自开在百花凋零的寒冷冬季，不畏严寒、傲霜斗雪，正因为这一孤傲的个性，常常令世人惊艳和赞誉。尤为可贵的是，当严寒过去，百花争艳的季节，蜡梅便悄然退出，把美好的空间不声不响地拱手让给别人，只给人们留下一个背影。

赏梅，最应该欣赏的是它的精神。多少年来，一辈又一辈农人用梅花精神，辛勤地耕耘着贫瘠的土地，悄悄改变着贫穷落后的生活。特别是近几年，随着扶贫政策的推进和精准扶贫的实施，众多贫困家庭走出困境，古老而落后的村庄，一步步改变旧貌。村子里，一幢幢白墙灰瓦的民居，新颖别致；原野上，一条条平坦宽畅的水泥路，四通八达；庭院内，民居间，绿树成荫，鸟语花香……走进村庄，便恍若走进一幅美丽的图画。

墙内开花墙外香。政府大院的梅花香味虽然只是浅浅的，幽幽的，却如润物无声的春雨一般，沁人心脾，让人赞赏，令人艳羡。回家以后，我的心仍然沉浸在梅香之中。我坐下来，打开电脑，慢慢品读古人留下的一首首咏梅诗篇。人称"梅妻鹤子"的林逋，一口气写下八首咏梅诗，遂被人称做"孤山八梅"，其中最负盛名的是《山园小梅》："众芳摇落独暄妍，占尽风情向小园。疏影横斜水清浅，暗香浮动月黄昏。"当然，最爱的还是王安石的那首《梅花》："墙角数枝梅，凌寒独自开。遥知不是雪，为有暗香来。"念念王安石的诗，不能自持，亦步其韵，也涂鸦一首："墙内一树梅，傲然凌寒开，微风轻浅送，幽香飘墙外。"

楝 花

立夏临近，楝树该开花了。

楝树又名苦苓、苦苓仔、金铃子、翠树等。自古以来，文人对花木都比较感兴趣，宋代的谢逸写过一首《千秋岁·楝花飘砌》的词："楝花飘砌，簌簌清香细。梅雨过，萍风起。情随湘水远，梦绕吴峰翠。琴书倦，鹧鸪唤起南窗睡。密意无人寄，幽恨凭谁洗。修竹畔，疏帘里。歌余尘拂扇，舞罢风掀袂。人散后，一钩淡月天如水。"

在我的记忆中，故乡绿茵如盖的村庄里，大路边、小河旁，常常伫立着不少楝树，初夏微风吹来的时候，它才开始舒展枝叶，暖暖的，柔柔的，如亭亭玉立的少女般沉静、含蓄。楝树的躯干一律富有一种沧桑感，粗糙的皮，枯槁的枝，平坦斜逸的桠，一团团、一簇簇浅蓝紫色花，隐现在清瘦的楝叶丛中，文雅而细碎，尽显淡雅和柔美。楝花的花期很长，前后约一个多月时间，直至麦子呈现出成熟的色泽，它才悄无声息地隐退。盛夏时节，楝花变成一串串翡翠般的珍珠果，模样与枣树结出的果实相似，但这个枣不能吃，很小的时候我们就被大人警告过：楝树果儿有毒，吃了会毒死人。但是，我有时候又会疑惑，因为我明明看到，到了秋天，那些青青的楝树果变成金黄色，会飞来不少灰喜鹊啄食那些楝果，却从来没见它们有因中毒而从树上掉下来的。疑惑归疑惑，我们还是没敢去尝它。

楝树的叶长得晚，总是在花开之后才姗姗来迟，楝树长出叶的时候，田里的麦子就快开镰了。民间曾有"楝树暴乳，乡下伢儿叫苦；楝树开花，乡下伢儿苦得认不得家"的俗语，意思是说，待到楝树长叶开花的时候，乡下大忙季节就开始了。

楝树上很少生虫，更不会有杨树上那种毛茸茸的"洋辣子"，所以，夏天，常常有农家选择坐在楝树的树荫下纳凉。孩子们则会蹭蹭几下爬到楝树上去，坐在树丫上乘凉、捉知了。楝树粗糙的皮是很适合攀爬的，而且，它的树冠枝丫平缓，很适合人坐在上面。楝树枝丫的平缓据说与当年唐僧西天取经有关。相传唐僧师徒从西天取经归来，因经文在通天河被神龟淹湿，便放在楝树上晒，结果把楝树冠给压平了，至今都没有得到恢复。这一传说赋予了楝树传奇色彩，也让楝树在人们心目中变得更加古老而可敬。

盛夏时节，大人们忙于地里农活，家务活就交给了孩子，孩子们把采羊草的目标锁定在楝树上。楝树枝脆，只需用一只小钩子钩住树枝轻轻一拽，"咔嚓"一声，楝枝连枝带叶掉了下来。

秋末冬初时节，楝树迎风而立。孩子们来到光秃秃的树下，爬上树将一串串楝果打下来，或送到收购处卖钱，或堆在灶台前留着烧火。男孩子们有时用楝树果玩射弹弓，的确是一种上好的弹子；女孩子则用楝果儿玩"抓豆儿"游戏，也是再好不过的，他们在楝树下吵吵嚷嚷，尽情地嬉戏，直到暮色四合、炊烟升起，才恋恋不舍地分手回家。

楝树曾给当年乡村的孩子带来多少乐趣！

老家人喜欢用楝木制作家具，认为用楝木制成的家具，因木质味苦而有防蛀功效。不过，老家人几乎没有用楝木作房梁或椽子的，一是因为楝树没有多少笔直的可用之材，同时，当地还有个"头不顶楝，脚不踏桑"的传统说法，是一种忌讳。

　　经考证，楝树的果、花、叶和皮均可以入药，当年，楝树根上的皮被人们用于驱蛔虫和钩虫，根上的皮制成粉调上醋还被用来治疥癣；楝树的果实做成油膏可治头癣，果核仁油可供制润滑油和肥皂，等等。因此，我们儿时年年采楝树果卖，有人说是用于制药，有人说是用于做皂，也有的说用于制砖烧窑……我们不管这些，数着到手的几张毛票儿，高高兴兴地走进文具店，买一支钢笔，或一瓶墨水、几块橡皮，或者两本小儿书，已是十分满足。

　　楝树曾经是苏中地区的主要树种之一。我曾经到南方生活过一段时间，在那里没有见到过楝树，或许是南方不适合楝树的繁衍生长，抑或是我没有到乡下去，那里的乡间是否种有楝树亦未可知。

　　初夏的一天，我走到已经修成的高速公路上，站在曾经的几棵楝树处，当然这里已经没有楝树的踪影，而我的脑海里却仿佛浮现出一树树摇曳的紫花，耳畔响起唐温庭筠的《苦楝花》："院里莺歌歇，墙头蝶舞孤。天香熏羽葆，宫紫晕流苏。"风儿轻轻，紫花飒飒，好美的意韵。

　　楝树属于比较好种的树木，老家有"九楝三桑一棵槐"的俗谚，意思是说，人的一生中可以长成九代楝树，如此计算下来，大抵十来年的时光，楝树就能长大成材。而且，楝树对土壤的要求不高，也不在乎环境位置的好差优劣，它不怕旱涝，也不惧风雪，只要有立足之地，便能生根、发芽、开花、结果。

　　楝树其实很像老家的人，朴实无华、安分守己。

冬野亦春

冬天的田野，似乎比秋天还要多出几分色彩。

早上，上班的路上，我看到路边停靠着一辆架子车，车上装着一只大塑料桶，一个中年女子正从大桶向喷雾器里注水。在"大桶车"后面的蔬菜大田里，有几个女人在给蔬菜喷农药，绿油油的蔬菜，绿油油的田野，好一派生机勃勃的样子，哪里有一点冬天的模样，如果不是看女子们身上的穿着，我真不敢相信这是冬天田野上的景象。

我了解到，这片菜地是由一位叫老王的种田大户前年从周边十几个农户手中流转过来的，面积大约二十多亩的样子。原来年年都是一茬麦子一茬稻的种植模式，自老王经营以后改变了，在上面种上了特种蔬菜，于是，这景致便常常出现反季节现象，应该金黄的秋天，偏偏有绿的颜色，明明是灰冷的冬天，倒有了浓浓的绿意。

隔天，再从那片蔬菜地经过的时候，又是一辆车停靠在路边，不过，车子换成了一辆工具车，车子上装满了袋子，一个人正一边卸货，一边拆袋子口，又是几个人在地里作业，他们是在向蔬菜上撒肥料，她们的动作和姿势几乎是一致的，从桶里抓一把肥料，向蔬菜上撒去，再抓一把，再撒……

转天，下起了雨，冬日的雨天有点儿冷。再次从蔬菜地经过的时候，没有看到人。我将车子停在菜地边，耳朵里是一片沙沙沙的声音，真好听，是雨点打在阔大菜叶上发出的声音。原来老王掌握着天气的动向呢，知道有晴好天气就抓紧喷药水治虫，知道要下雨了，就预先将肥料布下地。他们这是在种田，也是在编剧，他们懂得提前埋下伏笔，留下悬念。

细看地里，连片几十亩，今年种的全部是菠菜。这种菠菜与我们这里的老菜种有些不同，有着硕大的叶片，肥厚的叶面，就连那绿也似乎比我们这里的菠菜浓一些。我以为这种菜一定是一种抗寒品种，即使这样寒冷的天气，它没有一点萎缩抖索的意思，反而显得精神饱满，意气风发。

正当我呆呆地看菜地的时候，一只白色大鸟自河边上飞了过来，白鸟在菜地的上空飞了一圈，就又回到河边去了，它是来侦察么？有没有发现什么新情况？我想，这一定是一只留鸟，它似乎不觉得冷，或者是看到了绿色，便以为春天已经来了。

事实上，我跟这只白鸟也有几分相似，爱上了这片绿色，爱上了这冬野的春光。

祖父的老物件

编纂《家风好故事》一书,为书中一件件平实亲切的故事感动,便想起我的祖父,想起他曾经使用过的一些老物件,以及这些物件上所依附的一个个小故事,那里面有着浓浓的家风亲情,我把它们如实记录下来。

犁头

祖父是个木匠,但他又曾经是村里使牛的好手,农忙的时候,他就停了木工活,回家赶农事。

在我很小的时候,每到春耕,常常看到这样的画面:一张犁杖放在院子一角,祖父坐在犁杖上咕噜噜地吸水烟,他的身旁站着他的宝贝黄牛。黄牛体格不大,但身上的毛发油光发亮,显得结实有力,这时的牛正把头伸进饲料桶里,发出滋滋的满足的咀嚼声。待黄牛吃完料抬起头来,祖父便牵上它扛着木犁朝地里走去。

下到地里,祖父驾上牛,跟在犁杖后面的祖父嘴里不停地吆喝着:"驾驾。"祖父的吆喝与田野上耕田人的吆喝声连成一片,一张又一张木犁插进泥土里,犁出一垄又一垄黑乎乎的泥土,阳光下的新土变成一条条波浪，空气里充斥着新泥的味道。

耕田是很辛苦的，牛要使劲扛轭拉犁，人要扶犁掌握犁地的深浅、方向、拐弯等，人和牛要用他们的脚一步一步地将土地"丈量"完。整个春耕，耕牛和人一耕就是十几天，量完一块地，再量下一块地。这时候的祖父身体还很好，一天能耕2亩多地，脚下还不觉沉重，而且，祖父舍得下力气，他耕的地吃土深，地面平整，一眼望去，让人心里特别舒坦。

有月亮的晚上，祖父还要加一会儿班，月色下的田野朦朦胧胧的，如水的月光洒在人和牛的身上，人和牛一前一后缓缓地行进着，构成一幅独特的春耕水墨画。祖父牵牛回家的时候，村子里已经亮起一片油灯。祖父将犁杖轻轻放到屋子的墙角里，然后坐下来吸水烟。我有些弄不懂，一张犁随便放在哪里不行，何必还要这样认真地放到屋子里，又是泥又是水的。祖父却说，耕犁放在外面，夜里会被露水打湿，沾了露水犁头会生锈，生了锈不仅犁地费力，还容易坏。

一场耕种结束，祖父会及时将犁头从犁杖上卸下来，清洗干净后放在通风干燥的墙头，留待下一季使用。

祖父将犁头当成了宝贝。

晚年的祖父，使不动犁杖了，他让父亲将犁杖接了过来。父亲做过生产队干部，他有些不情愿地扛起了祖父的犁杖，还是在以前祖父耕过的那片土地上耕作。他将祖父翻过来的土地又一遍遍地翻过去。父亲使用着祖父曾经使用过的犁杖和犁头，他在地上留下的犁痕，也许还是祖父当年犁出的沟壑，仿佛读书人在翻书，后人翻阅前人读过的书，父亲翻的书页，祖父曾经翻过。原来，耕田和读书是一样的，都是在延续和传递。

祖父当年的那块犁头犁过多少地，我不知道；祖父和父亲在土地上留下了多少脚印，也没有谁做过记录。

犁杖在父亲的手上没用几年，便在阵阵机器的轰鸣声中隐退了。犁杖谢幕之后，就不再有人想起它来，直到今天，我又在墙头上找到了它。

或许是白天看过祖父的旧犁头，夜里，我忽然做了一个犁头的梦，我梦到一张木犁在地里行进，就像一条在水里游动的鱼，它游得那样地轻松自如，游得是那样地无畏自信，犁头过处，我仿佛听到土地里有种子发芽的声音。

丈竿

丈竿是木匠的量具。

丈竿一般为5尺长，是木尺，木尺比市尺略短一些。

我的祖父是木匠，更是一位老党员。听人说祖父当年做木匠是给共产党的交通员工作作掩护。

我记事的时候已经是20世纪的60年代，那时不需要祖父再当秘密交通员，他完全成了一个木匠。在我家的一间小屋子里堆满了许多木料，我时常看到祖父在木头堆里翻找着，他翻出一根木料，举在眼前，眯起眼睛翻来覆去地看一阵，放下，又拿起另一根来；或者手拿丈竿，量量这块木板，又量量那块木板，然后，在上面弹上墨线，开始了他的劳作。

有一次，祖父在家锯一块木料，一边锯一边对我说："林子，长大了，跟我学木匠手艺怎么样？"我一愣，心里想，让我学这种东西，一辈子能有什么出息？我撇了撇嘴，没有回答。祖父见我不回答，笑笑说："怎么，看样子是看不起我这个木匠啰？"他停下手里拉着的锯子，眯眼看着我说："来，你试试？"我心里不服气呢，不就是拉锯吗，试试就试试。我跑过去，接过祖父手上的锯子，学着他的模样，一只脚踩住木板，对准墨线，拉动锯条，"呼哧呼哧"锯起来，初拉几下还行，再往下锯，那锯条就有些不听使唤，左摇右晃，导致锯缝走了线，我想将锯条逼回到线上去，却越逼越歪，最后，锯条居然被木头"咬"住了，既拉不上来又推不下去，急出我一头一身的汗。祖父初时站在一边，默默地看着我，赞许地点头，后来见锯条让木头卡住了，又看我一脸窘相，才伸过手来说："让我来吧。"他接过锯子，呼呼呼地只是几下，那锯条就又听话地回到原先的墨线上。不一会，木板分成两半，中间的那条锯缝一线的直，只有到我锯的那一段，歪歪扭扭、凸凸凹凹的，很难看。祖父放下锯子，轻轻拍拍我的肩膀说："拉锯的时候身子要直，力气要匀，这时绝不能分心，分心就会走线。"我低了头不说话，祖父又接着说："拉锯的时候吃口不能大，记住，不管做什么事都不能心急，心急是干不了大事的。"我呆立着，只觉得两颊发烫，那一刻，我才真正认识了木匠，也才真正认识了我的木匠祖父。

我读小学的时候，因为我和三个姐姐都在同一所学校上学，学费成了问题，祖父就跟校长商量，把学校的木工活给揽了过来，用他的工钱抵交我们四人的学费。这以后，在学校木工房里，时常能看到祖父在那里忙活，看他把那些长的、短的、弯的各种不规则的硬树杂木制作成方方正正的学桌。把长短不一，厚厚薄薄的木板合成一个盆，拼成一只桶。祖父做活舍得花力气，常常是一身木屑一身汗水，老师让他歇会儿，他也不肯休息。他说学校把活计交给他是对他的信任，社会上那么多木匠，能轮得上他，他可不敢忘恩负义。

　　1968年，贫下中农管理学校，祖父被选为代表，就安排在我们学校里，但祖父不领这个情，坚持不"上岗"，他说他大字不识几个，管理什么学校，这不是误人子弟吗，最后，他照旧在学校做他的木匠活。

　　祖父有个习惯，总是丈竿不离身，每天早晚都随身带着它。老师觉得蹊跷，有一天，他们悄悄将祖父的丈竿藏了起来。晚上，祖父回家的时候找丈竿，老师要他说出为什么总是随身带着丈竿，否则不给他。祖父说："这没有什么，到一个地方临时需要量个东西比较顺手。"老师说这肯定不是本意，硬逼着祖父说，祖父说："新中国成立前跑交通，世道不太平，路上带根丈竿，可以用来防身。还有，传说中，丈竿能辟邪呢！"老师认为这才是祖父随身带丈竿的真正目的，这才将丈竿还给了他。

　　祖父年纪大了以后，不再做木工活，他把工具都送了人，唯独把丈竿留给了我。我把祖父的丈竿挂在家里经常能看到的地方，在我眼里，那支丈竿岂止可用于防身辟邪，它更有着一层警示意义：常用它来量量自己，做人做事，也应该像做木工活一样，该圆的圆，该方的方，堂堂正正。

水烟袋

　　小时候听过一条谜语："小灶台，没多高，底下放水上面烧。"思来想去得不到答案，后来在看祖父吸水烟时终于找到了谜底，那就是水烟袋。

晚年的祖父，几乎与水烟袋形影不离。祖父是有能力抽香烟的。我一位叔叔是烈士，祖父享受烈属待遇，一个月虽然只有几块钱，但在那个年代，这几块钱对祖父来说生活已经不成问题，祖父只吸价格低廉的水烟，我知道这里面有祖父为我这个"长头孙"省俭的成分。

印象最深的是冬天祖父吸烟。手捧水烟袋的祖父，坐在太阳底下吸烟，阳光从树枝间筛下来，覆盖在他身上，暖洋洋的样子，祖父的身边坐着西场大爹和二爹，有时还有徐伯等几个老人，烟袋在他们手上接来接去，他们一起唠家常，说一些曾经的过往，那都是些我所不知道的人和事。烟草的味道在空中飘散着，闻上去竟是很香，那样的时光，恬静而悠然⋯⋯

祖父的水烟袋是黄铜的，烟袋底座上还镂刻着人物画，可惜因为时光和吸烟人的手不断地打磨，画面已经模糊不清，那是经过多少人的手摩挲过的呢。

记得在某个夏日，突如其来的一场阵雨，把在我家附近地里栽秧的人赶到我家来避雨，栽秧人或坐或蹲，很快就把我家的小屋挤满了。水田里的人一个个打着赤脚，在屋地上留下一片水渍泥污，大伙儿有些过意不去，祖父却不以为意，他热情地给他们递上自己的水烟袋，于是，水烟袋在他们手上一个个传递。

吸水烟人的形象大抵是相似的，歪着头，口衔长长的烟袋嘴，咕噜咕噜地猛吸一阵，然后仰起头，眯着眼，静静地停顿片刻，才将嘴里的烟慢慢吐出去，我想，他们一定是让烟在腹中作一个回旋，让烟作一个"消化"处理，其后，拎起烟袋哨子，嘴里憋着气呼呼地吹掉烟灰。生产队的龚队长喜欢吸水烟，吸过了老是咳嗽，吸一阵咳一阵，再吸再咳，有人骂他："都咳成这样，就别吸了吧。"待咳过之后,龚队长笑笑说:"不吸,我咳得更厉害呢。"大伙哄笑:"依你说,吸烟倒是可以治咳嗽的咧!"吸过了,他们嘻嘻哈哈,一个个变得有了精神。这时,那雨停了。他们拍拍手,站起身来,道一声谢,心满意足地走出屋子,又投入了秧田。那场雨就好像是专为他们吸水烟做准备的。祖父满脸笑容送他们出门,叫他们休息的时候再来。

夏夜也是吸水烟的好时光。祖父坐在门前的场院里纳凉,西场的大爹和二爹他们又三三两两地走过来,散散地坐在祖父周围,水烟袋照例从这个人手上接到另一个人手上。暗影里,我听到一阵咕噜咕噜声,看到忽明忽暗的火星,烟草的味道在空气中弥漫着,这时候,他们的谈笑也开始了。看他们吸烟,我从中发现了一个秘密,不吸烟时,他们的手在忙不停地拍打蚊子,一吸烟,他们忽然就安静下来,那蚊子好像就不再叮咬他们了,我猜想,水烟的气味或许是最好的避蚊剂和镇静药。

常看祖父吸水烟,我从中掌握了一些吸水烟的小技巧。首先是烟袋水的添加有讲究。水烟袋里的水必须恰到好处,太多了,容易吸进嘴里,辣人;水太少,没不到烟管,烟会直接进入吸管,起不到过滤的作用,呛人。正确的方法是含一小口茶水,从吸烟管慢慢注入盛水斗,试着吸,待烟袋里发出清脆的"咕噜噜、咕噜噜"声即可。装上烟丝之后,因为气流受阻,"咕噜噜"的声音就会变得绵长悠扬,听起来软绵绵的,十分悦耳。

烟袋里的水必须经常换,日子长了会变黏稠,吸起来费劲。不过,黏稠的烟袋水也有用途。一是可以治蚂蟥。水田里有蚂蟥叮到栽秧人的手脚上,蚂蟥身体的两头有吸盘,不吸足血,不会松口,摘都摘不下来,这时,只需用烟袋水在上面一点,蚂蟥便会自动滚落下来；二是治小孩腹痛。小孩子没来由地腹痛，这时候，服一点烟袋水可以止痛，烟袋水就成了一种家用的救急镇痛剂，有时还真管用。

吸水烟虽然便宜，但很费火柴，一般情况下，一个人每次吸烟都在三锅或者三锅以上，每吸一锅烟都必须点一次火。那时候，没有打火机，甚至连火柴都需要凭票供应，吸烟者舍不得吸一锅烟划一根火柴，因此，发明了纸媒子。吹纸媒子是吸水烟袋的一项重要技术。当时卷制水烟媒子的纸是一种草纸，也称毛丈纸，纤维很粗，用手工搓成不紧不松的小纸卷，吸烟时点燃它，夹在手指间，待装好一锅烟，将暗红的纸媒子火头送到嘴边，吹燃。吹水烟媒子的方法是：抿紧嘴唇，舌头一伸一缩之间，送出一股急速而短促的气流——呼！随着气流，火头一红，一团明火跃上纸媒的端头。这个技巧很不容易掌握，纸媒子太松，来不及吸，一下子就燃完了；纸媒子搓得太紧，不容易吹着。事实上，吹水烟媒子应该不是吹，而是喷，于是就有了歇后语："水烟媒子——大喷（笨）货"。

我小时候也练习过吹水烟媒子，却总是不能如愿，或许正是因为吹不着媒子，我才没有走上吸水烟之路。

我上小学的六年间，祖父几乎每个晚上都要捧着水烟袋坐在油灯下陪我，直到我把作业做完，他才跟我一起上床。早上，我又总是在祖父的呼唤声中醒来，这时候，祖父已经煮好早饭，在那里手捧水烟袋等我起床吃早饭。当我背着书包走向学校的时候，祖父已经坐在门口眯着眼睛吸水烟了。

我家的老水烟袋上留下了太多关于祖父的记忆，拿它在手里，似有一股陈年的水烟味扑鼻而来，我仿佛又看到手捧水烟袋的祖父，好像祖父并没有走远。

竹篮里的春天

几阵风，几场雨，大地就完全从沉睡中苏醒了。我找出一只竹篮，走向田野。

我对田野有着一种特殊的情感。小时候的我，因为家中年长的几个都是姐姐，便跟着她们有了许多女孩子情趣，比如春天挖野菜，哪一年的春天我不挖几篮子野菜？我熟知老家土地上，哪块地里有荠菜，哪块地里有小蒜，哪块地里有面蒿（可以做蒿儿团的一种青蒿）……

尽管现在已经年过花甲，但每年春天我还会到地里转转，挑荠菜，挖小蒜，掐面蒿……只是此挖野菜已非彼挖野菜，目的性有了变化——以前是为生计，为了活命，而今天则多半掺入了生活的情趣，多了踏春的内容。日前，有朋友请我帮他把乡下植物的节令记录下来转给他，以备写作之用。我觉得此君之举很好笑，这些东西还用得着记录吗？对于乡间植物的荣枯之事我早已烂熟于心，不用翻日历，凭着本能和季节的节拍，随口就能将什么季节有什么植物一一道出。

村后的那棵老银杏树下有许多野菜。老银杏已经很老了，按老辈人回忆，它从我祖父的父亲那会儿就已经站在那儿了，就这样站着，一直站到今天。它一定遇见过我的曾祖父，当然它也熟识我的祖父，而我的父亲更是把它视作尊敬的师长。今天，他们几位都已经作古，老银杏却依然在，而且形容不老。老银杏下原来有一所学校的，学校撤并以后留下一片空地，空地上长着一片杂树，树下草丛中有许多野菜：荠菜、枸杞、野菊、面蒿……我每年都要到那里采挖，到这里还会感受到几位先辈的味道。

红星河边有一片湖桑林，那里的小蒜特别多。有一段湖桑林是我的一位堂叔的，堂叔是一位勤劳的老人，他的儿子和孙子一直在外打工，家里几亩土地就由他跟患有腿疾的老伴打理。由于他们种地上心，他地里的庄稼总比别人家的长得好。每年我去他的地里挖小蒜，堂叔就已经在地里忙碌了，我挖小蒜的时候，他一边跟我拉呱（方言：聊天），顺便帮我挖几把小蒜。

出门后，我径直走向红星河边的那片湖桑林。二月的小蒜，香死老汉。听说最近常有城里人把小车停在公路边上，到桑地里挖小蒜呢。过去是农人挖野菜，挖了糊口度日；现在农人进城了，倒是城里人走到乡下来。乡下人进城，城里人下乡，这一景观令人感喟。

红星河是一条开挖于20世纪60年代的河流，河床的两侧枯草，已经有了几分沧桑之感，初春的水面上寂然无声，河坡上的湖桑树，枝条已经返青，上面爬满了"玉粒"，林间地面上已经冒出不少小蒜苗，这里一缕，那里数根。听说堂叔去年冬天犯病了，见了风就喘，有风的日子他就不敢出来，所以今天地里没有他的身影。我知道他家每年在锄地时会有意留下许多小蒜，今年依然如此。我弯腰挖起来，挖出一小把时我把它绕一绕，扎成小把子，这是我们儿时的做法，至今做起来还很熟练，这些小时候做的事再做时就很容易让人怀旧。

小竹篮将满的时候,我直起身子来闲看。看河西公路,公路上有许多车辆和行人南来北往;看小村的房舍、田野和树木,小村的房舍整洁而美丽;路边上前年新植的林带已经很有气势,树木的枝条上已经有了浓浓绿意;庄稼地正绿得可爱。哦,春天来了。

我将竹篮斜倚着挎在身上朝家走,这样的感觉会轻松一些。竹篮里小蒜苗的青青秀色和浓浓气味包围了我,我觉得我被整个春天包围了。

端午的绿

端午节到了。端午节时值盛夏。

盛夏带给我们的应是似火一样的红，然而，端午节呈现在我眼前的却是一片绿色。端午，屋檐插上的菖蒲和艾草，是绿的；厨房里包粽子的苇叶，是绿的；当然，地里栽下的秧苗也是绿的……端午带给我们满满的绿色风情。

插绿，艾草插檐香满堂。在如东民间，家家户户还保留着端午节屋檐插艾草的习俗。如东农家是很注重"门面"的，春节，大幅的春联贴在门上，大红的灯笼挂门前，以此点红节日喜庆的气氛。经过小半年的风吹、日晒、雨淋，曾经的大红已渐退却成淡红，或多或少淡化了那份喜感。端午来了，在门檐上插几支艾草和菖蒲，便有了节日的气氛，有了几分生气。每年，端午节早上，祖父便拿了镰刀走进后园，去割几支带着露珠的艾草，插在大门的房檐上。于是，我上学放学的时候，从门口经过，一抹绿直逼我的眼，一阵香直扑我的鼻。艾草的叶还会亲昵地在我的头上扫一扫。艾草香，香满堂，端午的味道就是浓郁！行走在村道上，一家家门楣上都有艾草的绿和香。

家乡的端午节，是一年中香味最浓的一天。

　　吃绿，糯米粽子满嘴香。看绿，饱眼福。吃绿，饱口福。糯米粽子是端午节必不可少的食物。西晋周处《风土记》称："古人以菰叶裹黍米煮成，尖角，如棕榈叶心之形。"一家人围坐在艾草生香的厅堂里，剥着粽子，饮着雄黄酒，满嘴生香。这一坐，就是1700多年。粽子的馅儿多种多样，有的在糯米里拌了花生米、赤豆，有的在粽子里加了猪腿腊肉，但包叶是一致的，绿色的芦苇叶，在乡间被称作"柴箬子"。当一盘用绿箬叶捆起的粽子摆放在你面前的时候，必是让你唇齿生津。随手抓起一只粽子，解开，猛地咬一大口，黏呀、糯呀、甜呀、香呀……

　　栽绿，满田栽出青翠色。端午时节，正赶上芒种节气，正是农村插秧季节。农村人不会因过端午而放着农活不干，更不会像过年一样地过端午。早上起床，匆匆剥一颗粽子，一边吃一边赶着下地，栽两行秧再回来吃早饭，正好休息一下，这是我家过端午栽秧的习惯。往回走的时候，回望一眼，地里已是一片绿。那年端午节，姨父来我家，正好帮我家栽秧，姨父是东台人，他会唱栽秧号子，当然唱的是东台的栽秧号子了，记得他唱的其中一段："哎！早晨起来露水唞湿呐，脚踩鲤鱼有半多斤哪。哎！隔壁的大姐在害伢子（方言：妊娠反应）哎嗨，烧一碗鱼汤就送上她的门哪，鲜鱼汤吃了长精神呐，好姐姐呀，养下个儿子就同我分……"后面的我不记得了。姨父嗓子好，歌声传得很远，惹得不少人走近来听。

　　傍晚，一块地栽好，望着秧田，果然是"早上一片白，晚上一片绿"，父亲和姨父两人站在田头上看着绿油油的稻田吸烟。

端午节,我们栽下的绿,给一年带来了希望。

"轻汗微微透碧纨,明朝端午浴芳兰。流香涨腻满晴川。彩线轻缠红玉臂,小符斜挂绿云鬟。佳人相见一千年。"苏轼的《浣溪沙·端午》,让端午的绿变得更浓了。

蛙鸣千古事

"稻花香里说丰年,听取蛙声一片。"晚上,我正读到辛弃疾的《西江月·夜行黄沙道中》词,忽然听到一阵叫声,哦,好巧啊,原来是蛙鸣。

好久没听到青蛙的叫声了,先是因为乡下的沟塘废了,水臭了,青蛙们没有了生存空间,接着是我乡下的老房子拆迁,暂去小镇上住了两年,今年,重返乡下居住,竟然听到了久违的蛙声,心中不免一阵激动,我放下手中的书本,走近窗前静心谛听:"咯咯、咯咯;咕咕、咕咕;呱呱、呱呱……"一声又一声的蛙叫,多么熟悉而又亲切,一如醉人的天籁之音。

小时候,夏天的夜晚,低矮的屋子里总是关不住小孩子,我们乘着夜色,走出去纳凉,说是纳凉,其实是到外面去野,去疯,跟小伙伴一起在村路上、场院里、小桥头玩各种游戏,一个个手里挥着芭蕉扇,舞着蒲棒头儿,寻找种种乐趣。乡村的夜晚,田野上特别静,除了有纷飞的萤火虫儿,就是咯咯咕咕的蛙声,我们时常要去打扰这些乡村夏夜里的"主人"们。

调皮的萤火虫儿们总是故意挑逗我们,它们先是绕着我们飞,待我们挥起扇子的时候,却突然飞到高处,或者干脆飞到小河上去。于是，我们把目标又转向青蛙。青蛙们很警觉，当我们循着声音蹑手蹑脚走向它们的时候，叫声却忽然停止，原来在岸上的，"扑嗵"一声跳到水田里去了，这时，另一个地方却又传来叫声。就这样，我们时而听到东面的蛙鸣，时而听到西面的蛙鸣，时而是房前，时而在屋后……我发现，它们也是在跟我们玩花样，在捉弄我们……多少个夏天的夜晚，萤火虫儿和青蛙就这样跟我们捉着迷藏。

终于玩累了，我们一个个四仰八叉，躺在村头的小木桥上，眼睛望着天空，寻找空中哪颗星星最亮，哪颗星星离我们最近，这时，蛙鸣声又从小河的不同方向一声声传来，随着夜渐深，蛙声也开始变得稀疏，你一声，它一声，像是询问对方为什么还没有睡，它们就是用这种方式慢慢地将我送入梦乡。

蛙鸣声永远定格在我童年的生活里。

前年，老家的村子通过了省级美丽乡村验收，在评价今昔村子变化的时候，有人说，现在村子各方面都进步了，"大跃进"时提出的"电灯电话，出门坐汽车，说话用喇叭"，一件件都实现了，而且大大超过了当年的"梦想"，但是，也有美中不足的地方，譬如这夏天的萤火虫儿少了，这夏夜的蛙鸣声稀了，当然还有现在的村子缺少了人气，缺少了人情味。

后来，我碰到几个儿时的伙伴，他们现在都已是年逾花甲的老人，碰在一起自然要发出一阵感慨，谈一谈新农村建设的话题。伙伴中有一位是原村支书，还有一位是村里的老会计，今天老支书带给我们的是一番高论，很新颖，他说，这个问题其实不算问题，根子出在我们自己身上。首先要看是谁看待乡村，对年轻人来说，他们并不觉得乡村缺少什么，只是觉得乡村远没有城市的现代化程度高。而对老年人而言，却感到乡村不如过去美好，觉得现在比过去少了点什么。事实上，少什么呢，少的是我们儿时的村庄，少了我们那时的游戏。

老支书如脱壳剥笋，慢条斯理地一件件地摆事实，娓娓道来。他说，比如当年的小河和水井。夏天的小河是当年孩子们游乐场，他们在小河里游泳、玩各种水下游戏，在水里摸螺蛳、摸蚬子、捉虾儿；清晨，水井是人们聚集的地方，男人们在水井上担水，顺便聊聊村子里的事、家里的事，或者是在外面看到听到的事，女人们在水井上洗衣服，谈自家的男人和孩子；接着，他又说起当年农家的院子。农家院子里有耕牛和成群的鸡鸭，特别是黄昏时分，村外的荒地上有孩童牵着牛在那儿放牧，虽然没有牧笛声，但是有孩子用芦苇叶做成口哨吹出的哨声；院子里有成群鸡鸭回栏时咯咯呷呷的热闹声；夏天的夜晚，到处是乘凉的人群，孩子们在人堆里穿来穿去，拍萤火虫儿，听老人讲故事……

现在呢，这些事一件都没有了。

老会计接过话茬谈了自己的看法：现在，过去的那些现象不存在了，所以我们就觉得现在的村庄冷清了，把问题都推在乡村缺少文化生活身上，说是现在的农村没有生气。事实上这种理论也不准确，至少不完全。我倒觉得，正是因为物质富有了，也丰富了农村人的文化生活。人们足不出户，却正常享受外面世界的精彩，现在，家家用上了自来水，还有谁去井上挑水洗衣服？晚上，家家有电视，人们都坐在家里，看电视的看电视，玩手机的玩手机，上网的上网。电视上可以看到全国、全世界各种各样的节目；手机上可以玩微信，跟天南海北的家人、朋友聊天；电脑上谈客户，经营自己的生意，也可以玩游戏；一家家都装上了空调，晚上还有谁需要到外面去纳凉……

　　看上去村庄的夜晚是冷清的，实际上每一户的家里却是热闹的！

　　两位老伙伴的话，道出了新农村的现实状况。的确，一段时间以来，萤火虫儿和蛙鸣是减少了，这些问题与前些年种田滥用农药化肥有关，与生态环境遭到破坏有关，但是，这几年政府一直在努力，特别是提出"绿水青山就是金山银山"以后，生态环境已经有了大大改善。看看，这几年夏天的萤火虫儿渐渐多起来了！听听，现在的蛙鸣声也回来了！

　　几个老伙伴的讨论已经过去好多天了，今天忽然读到"明月别枝惊鹊，清风半夜鸣蝉。稻花香里说丰年，听取蛙声一片"的诗句，又听到一阵蛙声，不觉感慨良多，古时候，人们就在用蛙声作为农业丰年的象征，千年之后的今天，我们依然在用它作为衡量农村生活的标准，这千年撩人的蛙声啊！

乡间竹器

乡间竹器，因为实用，值得一说，因为美好，值得一说，又因为越来越少，值得一说。

箩筐

箩筐，在苏中民间是被分开来说的，箩是箩，筐是筐。筐有竹筐、藤筐、柳筐等。筐多呈扁平状，敞口，体量比箩略小，且编制远没有箩那么细密精致。在用途上，筐的外延要比箩大一些，筐可用于装土、运肥、挑秧苗、装粮食等。现在还能想起当年有老人早起背着粪筐在村道捡粪的情景，虽有些不雅，却能得到劳动成果。

箩专属竹篾编制品，或称竹箩。箩的形状是口圆底方，高约70厘米，直径也在70厘米左右，中空，是农家古往今来用于盛装粮食或挑运粮食的工具。

在乡村中，用箩的地方也很多。到地里收获庄稼的时候要用箩。集体掰玉米，就是农人用箩一担担挑送到大场上。集体分粮食要用箩。分粮那天，生产队公房门前的情形颇为壮观，竹箩排成一长队，一家挨着一家，人们坐在箩上一边等待，一边聊年景，聊收成，聊各家工分情况，能够分多少口粮等。为集体到粮站送公粮要用箩。十几、二十几个人挑着箩，箩里是加尖的粮食，脚下是一崭一齐的步子，肩头上是晃晃悠悠的扁担，村庄上空回荡着号子声，一路走向粮站……那一条条扁担体现的是田野上颤悠的节奏，那一担担稻谷更是流动的乡村风俗画。

竹箩在农人的眼中算得上一件艺术品。

首先，在选材上要注意竹子的"竹龄"。做箩的竹子必须是三年以上的成竹，竹子太嫩了做成的箩不耐用；太老了，竹篾会变硬变脆，容易断，劈不起竹篾来；其次是不能受到过虫蛀，生过虫的竹子竹节易断，不好起竹篾。在竹篾的处理上也颇有讲究，强调精益求精。竹篾匠在制作竹箩的时候经历的工序比较多，如砍、锯、劈、拉、削、刮等；起篾片分有"头青""二青（或二黄）"，还有"三黄"，其用途略有不同，"头青"适合编织细密精致的器皿，比如竹席、竹筛和竹箩，"二黄""三黄"可用于编织粗大的如竹篮、畚箕等。再次，在编制过程上，讲究一气呵成。竹箩的编制相对比较耗时，篾匠师傅虽然对自己的手艺胸有成竹，但是丝毫不敢懈怠，因为篾片与篾片之间的连接，既要密不透风，还要美观大方，稍有松懈便会前功尽弃。而竹箩的造型比较别致，上圆、下方、中鼓，手艺稍差点的做起来就会"变形"，变成该圆的不圆，该方的不方，成为"歪瓜裂枣"。而且，做成的竹箩硬度上还要经得起检验，提在手中掂掂，沉甸甸的；无论什么角度，放在地上揿揿，结结实实；最后，将做好的竹箩反扣在地上，箩底就是一个很好的凳子，坐在上面稳稳的，不动不摇,这才是正宗的好竹箩。将竹箩系好绳索挑在肩上,给人一种舒服的感觉,让人想到的是虽然生活简朴沉重,日子却很幸福。

在我十几岁的时候,看到人家挑竹箩,扁担晃悠悠的,很是羡慕,也曾试着用稚嫩的肩膀挑起一担玉米,不料,脚下还没有迈步,就已经磕绊了一下,前面的竹箩倒在地上,后面的竹箩差点撞上脚后跟。父亲见此情形,又好气又好笑,说:"看你那个样子,不好好学着挑担,将来还怎么过日子!"

父亲所说的"过日子",也许与乡村的大喜婚庆嫁娶有关。在我的记忆中,乡村里最为隆重的仪式当数一个人结婚的日子,男方前往女方家"行礼"。新郎官挑着箩筐,里面装着满满的糕、糖、酒、肉以及衣料等,其上盖着大红的方巾,四周贴着大红的喜字,或四人或八人的队伍,在阵阵鞭炮声中,向着女方家兴高采烈地进发,其情其景激荡了多少俊男的春心,羞红了多少娇娘的芳颜,吸引了多少路人的目光。我自然也是十分羡慕,并且时常幻想着自己有朝一日,也能挑着沉甸甸的大红箩筐,容光焕发地走在队伍前列,然后与心仪的爱人成双结对,走进婚姻的殿堂……

竹箩不仅参与迎亲的喜事,还必须参加终老送葬的队伍。苏中乡里习俗,老人过世了,送葬路上,死者的儿子要肩背竹箩,竹箩里装着纸钱,走在棺木前头,沿途散发纸钱,为死者"买路"。

如今,乡里人家已经很少有用肩膀挑东西的了,即使偶尔挑一下,也是将箩筐换成了编织袋,因此,少了当年挑箩筐的风情。不过,那些很少使用的旧箩筐大多还在,虽然上面已经蒙尘，但农人们对它的记忆一直都在，因为在竹箩身上，曾经承载、记录了多少代人的艰辛、汗水和付出，它们已经深入到竹箩的那一丝丝竹篾里了。

畚箕

畚箕曾经是农村的主要农具之一。二十世纪六七十年代，农人上水利工程、冬天挑河泥、春季送肥下地等，都要用畚箕，当然，秋天到地里收山芋、芋头等也要使用畚箕。

一首《爷爷的畚箕》诗中这样写道：

小时候
爷爷下地挑着畚箕
后面放着石头
前面坐着我
后来
畚箕中的石头
越来越多
爷爷再也挑不动我
再后来
我走出了乡村
爷爷却永远离开了我
只有那两只畚箕
仍在演绎着
当年坐畚箕的人

是否又挑起了畚箕
……

畚箕身上维系着上下几代人的感情，成为一种乡愁的寄托。

在古代，畚箕是用荆条或草绳、篾竹等编成的筐类盛器。百度上对畚箕这样解释："是用木、竹、铁片做成的一种铲状盘，通常有一短把，用以收运从地板上扫除的垃圾，撮垃圾、粮食等，一般也用作农用工具，在农村比较常见。"百度上所解释畚箕与农村中用于挑担的畚箕大相径庭。在苏中乡里，有好几种畚箕，一种是家用畚箕，叫"江（音缸）芦畚箕"，用于扫垃圾、扒粮食等；另一种畚箕叫"篾畚箕"，用于挑泥、挑灰、担土，也是我们小时候出远门坐的工具。最后才是百度上说的那种小畚箕。

江芦畚箕用芦苇制成（江芦不是空心，内有肉），挑泥畚箕以竹篾作原料。竹篾畚箕两只为一对。篾畚箕是以畚箕环和竹篾片编织而成。篾畚箕环由一根长树枝在小火上烘弯成 U 形，前宽后窄。然后由篾匠师傅用竹篾编织固定在畚箕环上子，包上畚箕口，用一根长度相宜（根据挑担者的身高而定）的绳子作系，固定在畚箕口的两只角和环的中间，将两根双头绳合并一处做成一个可容扁担头套进的"扣"。

我们这代人小时候坐过畚箕的不在少数。祖父带我去人家，怕我走不动，就挑一对畚箕，一头装点东西，一头坐上我。我高兴的时候就下来走一段，祖父把畚箕里的东西分到两头挑。我累了，祖父又将畚箕里的东西收归到一头，我再坐进畚箕。就这样，祖孙俩，一路谈谈说说，一路哄哄骗骗，我一路兴奋。我想，当时祖父虽然累，一定也是蛮开心的。

畚箕留给我们的也不尽是浪漫和快乐时光，遇上挑泥，畚箕带给我们的就是肩膀上的累累重负。肩上一担泥土，脚下磕磕绊绊，面对凛冽寒风，把原本白净的脸皮吹成赤红、灰紫、黝黑。肩上的皮肤磨成了厚茧，脚底上布满了血泡，这就是畚箕带给我们的。其实畚箕也是无辜的，它跟农人一样，完全是受生活所迫，去承受种种负担。

"农业学大寨"期间，人们提出向大地要粮的口号，农村掀起平整土地高潮，人们几乎天天肩不离扁担畚箕。挑担的日子是苦的，但是，挑担的场面也是火热的、兴奋的，很富成就感的。

乡谚说：春天肥满筐，秋天粮满仓。这个筐其实说的就是篾畚箕。冬天，农人们用畚箕把河里捞上来的淤泥一担一担挑散到地里去，布在麦苗间，到了初春，再用钉耙把冻化了的河泥块打碎，散布在麦苗上，叫作"打麦泥"。施过河泥的麦子长势明显要比没有施过河泥的好。春天的时候，农人又把家里的灰肥（猪圈灰、羊圈灰、鸡窝灰、草木灰等）送下地，作稻田基肥，这也是畚箕的功劳。

前面说的是篾畚箕，家用的江芦畚箕相对轻松一些，江芦畚箕还有分工，江芦畚箕有大有小，大的江芦畚箕形状与篾畚箕相似，干净的作扒粮食用，有的则专用于清扫垃圾。小的形状如百度上所注。旧时人家土灶烧草，锅膛里的草木灰也由江芦畚箕来清理。另外，江芦畚箕还曾是当年人们嬉戏的工具——请灰堆姑娘。

那年，邻居说是要请"灰堆姑娘"，邀请我出席这项"神圣"

活动。我去的时候，看到邻居把一张八仙桌子放在堂屋中央，香烛已经秉过。八仙桌子的两边各站一个女孩，她们各用一个手指（记不清是哪根手指了，好像也有讲究）支撑着畚箕，让畚箕可以上下自由摆动。邻居正在对畚箕"咨询"相关事情，比如询问女儿的嫁人、孩子的前程，询问农业的收成、家人的健康状况等等，畚箕在女孩的手上不停地"磕头"，邻居说，这就是"灰堆姑娘"在作答。还有一种，是将一根竹筷固定在畚箕上，也是由女孩用手指顶着畚箕，桌子上撒薄薄一层米，到时候筷子会在米上画字，"报"出所求的情况，这事有点玄妙，让人觉得不可思议。当年的"灰堆姑娘"，准确地说应该是"畚箕姑娘"，是人们误将畚箕的功劳记在了灰堆上。

不过，农人们是一直记得畚箕的，用勤劳记着；姑娘们是一直记得畚箕的，用憧憬记着；庄稼们更是一直记得畚箕，用丰收记着。

竹篮

竹子劈成竹篾，竹篾穿成篮子。

走进苏中乡下的任何一个农家，都能看到大大小小几个十几个竹篮。竹篮的种类很多，有大有小，有方有圆，有高有低，有密有疏，精致的常用来淘米、洗菜、洗衣服；也可提着上街购货物、装礼品；粗大的可用于采草，装杂物，譬如装收获的玉米、花生、山芋、芋头等。竹篮在各地的叫法也多，五花八门，什么猪头篮子、猪头拉儿、淘箩儿、淘米箩儿、方篮（拉）儿、米式拉儿、撒篮（拉）儿，等等。

民间曾经流传一个关于竹篮的联语故事，说清代散文家方苞儿时很聪明，七岁那年，跟大人一起下地，人们正在地里拔秧，内中一文化人，素闻小方苞天资聪颖，有意考考他，便以拔秧为题出个上联要他对。那人给出的上联是现场即景："稻草捆秧父抱子。"方苞听了，思忖道："稻草，父也；秧，子也。"他一边思忖，一边四处张望，恰好看到不远处竹林中有几个女子在掰春笋，她们把掰下的竹笋朝篮子里放，方苞受到启发，立即回道："有了，竹篮装笋娘怀儿。"众人听了，无不啧啧称奇，一个七岁的孩子居然答得这样好，竹笋只有长成竹子，才能用于做竹篮，因此，说竹篮为竹笋的母亲是恰如其分的。此联简直是个绝对，天衣无缝。

乡间有一条歇后语比较流行：竹篮打水——一场空。这个歇后语主要体现的是竹篮漏空的特征。

那时农家的家具极少，竹篮便成了重要的盛物器具。一般人家都有一个小竹园，到竹园里砍一些竹子，请竹篾匠回来做几只竹篮，容器就有了。为了让竹篮各司其职，也就有了多种造型，有扁形的，就叫撒拉儿；有方形的，就叫方拉儿；有半圆形的，叫淘米箩儿；有粗笨形状的就叫猪头篮子，等等。日常所装物品多是有分工的，吃剩的饭只能装在淘米箩儿里，过年储存的年糕和馒头比较多，就装在大篮子里，刚煮熟的山芋、芋头等就装在撒拉儿里，还有过年腌制的一点咸肉、咸鱼就装在一个方拉儿里……

农家的房梁上多系着一排钩子，那便是用于挂竹篮的，挂竹篮的地方简直就是一个农家的小小仓库。

系钩子的材料最好选用铁丝（这样能防老鼠攀爬），上面固定在屋梁上，下面系钩子。讲究的人家钩子上面还要罩上一块硬纸板，以挡住上面掉下来的灰尘，竹篮的周围又是透气的，食物放在竹篮里面，既能通风不容易霉变，还不会落灰尘。在物资匮乏的年代，人们为了保存点食物简直是费尽了心机。

那些装咸肉、咸鱼的竹篮，因为这些食物放的时间比较长，要留着见人待客，平时舍不得吃，所以必须挂得好，挂得安全，就要挂得相对高一些，这样既能防老鼠，防猫，还能防馋嘴的孩子。

我家装食物的竹篮，大多由我母亲掌管。母亲负责一家人的吃喝拉撒，衣物、食物、用物，什么她都要算计。如果竹篮里的馒头、年糕被孩子们悄悄偷吃了，春季二三月一家人就有可能忍饥挨饿。有时，钩子上的竹篮里还可能会挂送人家"产妇礼"时的一点回礼，比如油馓子或脆饼之类，那里便成了孩子们所关心的热点。

母亲是大公无私的，她保管着竹篮，也就是保管着我们一家人的口粮，保护着我们的肚子、我们的明天。日子再艰难，再困苦，母亲也没有让我们家断过炊，虽然我们挨过饿、挨过冻，有时甚至会饥肠辘辘，饿得两眼发黑，但我们终于活下来了，而且活得很健康，很快乐，这离不开母亲的精打细算。母亲用房梁上的那一排大大小小的竹篮，让我们对生活有了依靠和希望。

竹篮曾经陪我到野地里挖过野菜，竹篮也曾经陪我在地里掰过玉米，竹篮还曾经陪我到地里摘过瓜，摘过菜，收过山芋、芋头，竹篮更多的时候是陪我采猪草羊草，事实上，有竹篮相伴的日子是很开心也是很充实的。

挂在老家房梁上的竹篮，与老屋里斑驳的土墙，与罩着蛛网的土灶，与挂在墙头上的锄头、镰刀等农具，成了我童年里难忘的记忆，竹篮里装载着我们曾经岁月里的饥饿和等待，盛满了我们这代人儿时的许多辛酸和欢乐。

现在，农家能用竹篮的地方越来越少，乡间的竹园也几乎成了凤毛麟角，甚至连竹篾匠这种职业人也已经"退休"或改行，乡间没有了做竹篮的人，农家要用一只竹篮就只能到街上买，所买的多是山竹做成的枯黄色的，或者是编织带制成的灰褐色的，也可能是那些看似鲜亮但却千篇一律的塑料篮儿，我以为，这些篮子只是徒有了篮子之名。只有当年老家那种带着竹子味道的青碧的竹篮，才是我们心中真正的竹篮。

筛子

筛子是民间的俗称，学名叫竹筛，或竹筛子。一位乡土诗人曾写过一首《竹筛子》诗："……大的留上碎的落下，时而旋转时而翻空，颗颗宝豆粒粒珍珠，摇头晃脑排挤撞碰……"将筛子的工作情境描写得形象而逼真。

筛子有许多分类，仅在筛子眼的粗细上就有好多种，譬如"打筛"（筛糁儿的筛子）、米筛、漏筛（也叫隔筛）等。还有专用于筛屑（小麦面粉或米粉）的叫罗筛，罗筛不属于竹篾系列，罗筛的底由丝绢绷成。

说到筛子必然会扯到盘篮。"筛子盘篮不分家"，是说使用筛子的时候一般就要用到盘篮，人们常常在盘篮里筛东西，因此，盘篮比筛子大。筛子的口径一般在70厘米左右，盘篮的直径则达到1.2~1.3米。也有小的，那就不是正宗的盘篮，只是盘篮的赝品，或者叫"糖簸"，更小的就是"针线匾子"了。

盘篮除了用于筛东西，还可以盛物。收获季节，新收上来的粮食没地方放，盘篮就是很好的存放工具。

孩子们对筛子最美好的印象可能就是用于逮麻雀，这事鲁迅干过，我们也干过。雪天，在离草垛不远的地方，用筷子撑起一把旧竹筛，竹筛外面撒一路碎米直至竹筛底下，然后拉着绳子躲在草垛的拐角处，静候前来觅食的麻雀。一只麻雀叽叽两声从草垛上飞下来，跳跃着，慢慢地，发现了地上的白米，一步一步跳进竹筛，躲在一边的孩子猛地将绳子一拉，竹筛砰然盖住惊慌的麻雀，麻雀扑棱着翅膀，却找不到出路，悲哀地鸣号，一对小眼睛露出惧怯的神情。孩子们可不顾它的哀求，欢呼着窜出来，伸出手来争着去捉那只小小的麻雀，麻雀最终落在一个大点的孩子手上，他用原来绑竹筛子的那根细绳子系住麻雀的一条腿，然后将它放飞……

这是筛子在孩子们心中的第一作用。

筛子在乡下用途很广。竹筛可以分离粗细物质，可以装一点东西放在太阳底下晒，但用得最多的还是拣东西。过年前的筛子很忙，那时候，人们过年的馒头做得多，一般人家都要拣好几箩筐小麦，这都是由女人端着筛子一筛一筛地拣过来。

用筛子拣东西最值得一提的是做豆酱时拣黄豆。在所有物品中，黄豆是最好拣的，把黄豆倒在竹筛里，端起来，将筛子稍稍作一点倾斜，双手轻轻地抖动筛子，圆圆的黄豆便在竹筛里不安分跳跃起来，争先恐后地向下方冲去，冲在最前面的理所当然的是最为滚圆最为饱满的黄豆。这个动作我是在看我家的西场奶奶做豆酱时看到的。拣黄豆时不叫筛,叫跑,"跑黄豆"。很形象,亦很美。

  竹筛是乡村中一件再平常不过的用具,但它却成了人们收获时节一串快乐的音符,它也成就了生活中一段段精彩的画面。每当看到人们端着竹筛筛东西的时候,的确有一种无法言说的美,这种原生态劳动的美,是任何画作和音乐都无法体现的。

第四辑

乡村掇英

我已经不记得这是第几次踏上范公堤了,而且还写过它。再次来,是怀念,是寻找,更是追梦。

范公堤，南黄海岸边的丰碑

今年四月，我又一次来到范公堤。

我已经不记得这是第几次踏上范公堤了，而且还写过它。再次来，是怀念，是寻找，更是追梦。

从如东县城出发，驱车向东北，车子在一条绿得澎湃的"隧道"中行进约一个小时，我便在红的、黄的、白的、粉的一层又一层桃花、梨花、油菜花的注目下，走进了范公堤。

范公堤是一条修建于一千多年前的捍海大堤，宋前名捍海堰，自宋范仲淹主修筑堤之后，为了感恩范公伟绩，人们将其称之为"范公堤"。

一

"生物其始为水。"千百年来，圣贤哲人们凭水而望，积淀了深厚的观水和治水的智慧。

相传尧舜时代，"洪水横流，泛滥于天下"，危难之际，鲧受四岳部落举荐，担负起治水重任。他引领各个部落填土堰塞，以障洪水，留下了"鲧堙洪水""筑堤壅防"的治水传说。《管子·度地》中说,"大者为堤,小者为防",这是人类抵御水灾的古老方式。从此,堤承载着人的托付,成为人类与水不懈搏斗的智慧凝聚,更成为一代代人书写在莽莽原野上的不朽诗行。

鲧治水失败的结果,是《山海经》中记载的舜"殛鲧于羽山",但他"筑堤壅防"的举措,却为大禹及其后人堵疏并举的治水方略提供了启示。

大禹踏着父辈的足迹,逢山开路,遇洪筑堤,疏通水道,引洪入海。庄子曾借墨子之口称赞说:"昔禹之湮洪水,决江河而通四夷九州也。名山三百,支川三千,小者无数。"这种百折不回造福苍生的执念与情怀,成为中华民族绵延不绝的精神源流。凡有堤防处,人与水总是和谐相望,那是一种依托,一种守护,也大大改善了地域的农业生产和发展条件,促进了人类文明的历史进程。

二

中国拥有世界上最长的堤防,这些大堤中,有江堤,有河堤,有湖堤,更有海堤。

历经沧桑的范公堤,从盐城,经泰州,到南通,绵延数百里。如今,大堤虽然不再承担挡潮之责,但堤上郁郁葱葱的树木,形成一条绿色"长城",成为人们心中的一座丰碑。

事实上,范公堤前这里就已经有过大堤。唐大历元年(766),淮南节度判官黜陟使李承实,奉朝廷之命,筑堤堰以捍海,以保障沿海农(渔)民不受海潮侵害。自楚州高湾至扬州海陵县境,沿海岸线筑成一道长达 142 公里的捍海大堰,名为常丰堰。在如东县境内，凡大王庙者，亦为纪念唐捍海堤而建，庙内供奉神像即为李承实公。

至宋开宝年间，唐时所建捍海堤已历经200余年，因年深日久，大堤已经坍塌严重，百孔千疮，再无法抵御大海潮水，沿海居民苦不堪言。泰州知事王文佑等曾发起增修，但小修小补已于事无补，沿海人民连年遭受大海潮水灾害。

三

1021年，范仲淹任泰州西溪（今东台）盐仓监。刚过而立之年的范仲淹踌躇满志，到任不久，发现海潮对沿海农桑的侵害，便怀一颗"有益天下之心"，上书泰州知州张纶，建议急速修复捍海堰，以救万民之灾。有人责备范仲淹越职言事，范仲淹回敬曰："我乃盐监，百姓都逃荒去了，何以收盐？筑堰挡潮，正是我分内之事！"也有人以修筑海堰后会造成排水之难，易出现积涝而予反对。知州张纶系熟知水利之人，且有为百姓谋利之心，即以"涛之患十之九，潦之患十之一，筑堰挡潮，利多弊少"对之，力排众议，采纳范仲淹建议，奏请朝廷同意，即命范仲淹负责修筑泰州捍海堰。

北宋天圣二年（1024年），范仲淹主持修筑了从楚州盐城经泰州海陵（即今如皋、如东）至通州海门的捍海堰。这是一条重要的地貌界线，标志着当时苏中、苏北海岸的所在。

范仲淹征集兵夫四万余人修堤之时，正值隆冬，雨雪连连，遇有大潮，兵夫们因从未经历过如此洪水猛兽，一时惊慌，四处逃散，有两百余人不幸陷入泥泞淹死。这时候，反对者趁机上奏朝廷，致朝廷决定暂行停工。并委派淮南转运使胡令仪到现场查勘实情。胡令仪曾担任过如皋县令，对古捍海堰年久失修的事情很了解，而且深知捍海堤对当地农桑、盐灶和百姓生命财产的重要性。经过实地察看，胡令仪与张纶联名奏明朝廷，获准复工。

接到圣旨的当天下午，范仲淹便全身心投入到修筑捍海堤的浩大工程中。他派人对大堤修筑路线方案进行重新审定，并加强防潮水措施，然后下令筑堤。

然而，在大堤修筑到大丰段时，由于这里是由长江与淮河冲击淤积而成的沙地，修筑海堤相当困难。当海堤筑至两三尺高的时候，一阵潮水袭来，堤岸便被冲得无影无踪，如此者三，不少人泄气了。然而，面对困难，范仲淹没有退却，待潮水退去，他亲自到海滩认真查看，边看边琢磨，并跟有经验的渔民一同探讨，决定采用稻糠留痕的筑堤方案。于是，派人在涨潮时将稻糠倒入大海，落潮后，海水中的稻糠留在海岸上，远远望去，形成一道弯弯曲曲的"糠线"。范公对随行人员说："你们看，照这条线筑堤定能成功。"

于是，海堤筑成。然而，正当大家庆功之时，农历七月初的一场大潮给了他们一个大大的打击，海潮将新修的海堤再一次冲垮，而且，淹死了不少人。

海堤被毁，范仲淹再一次登上风口浪尖。范仲淹吃不下饭，睡不着觉，待大潮退去，他又一次带老渔民一起来到海滩仔细查看，他请教老渔民："老人家，我按涨潮的水位定海堤线，为何海堤还会被冲塌呢？"老渔民说："范大人当时是按小潮水位定堤线，所以只能挡小潮，而七八月间的大潮，这海堤如何能挡得住呢？"

范仲淹听后幡然醒悟。他立即派人在大潮汛来时，再次以稻糠沿潮水涨潮最高位置的痕迹抛撒，潮落后，稻糠滞留在海滩上，这就成了他第三次构筑的海堤线。

这一次大堤筑成，任大潮如何冲击，800里捍海长堤稳如泰山。

四

海堤筑成，南黄海边有了广袤的滩涂，人们发现这是一片天然盐场，朝廷便派人在这里开发盐业，建立产盐基地，自此，南黄海边的荒茅滩渐渐成为富庶地。

人们忘不了范仲淹的筑堤功绩，把这条捍海堤命名为"范公堤"，范公堤与杭州的苏堤一样，成为人民心中永志不忘的丰碑。

范公的可歌可泣，尤其值得钦佩的是他尊重前贤，不重名利的行为。在勘选堤址时，范仲淹继续沿用唐代李承实所修建的旧址择潮而建，体现了创业不必从我开始的豁达胸怀；回家居丧离任时致信张纶交接堤务，有着"只望功成、不必在我"的气度。而张纶在范公回家守孝期间慨然接手，敢于负责，勇于担当的精神；胡令仪刚直不阿，无私支持的勇气，其胸怀和气度，令人敬佩，感人至深。当然，历史是人民创造的，为范公堤作出最大贡献的还是当时沿海的劳苦大众，尤其是四万多筑堤兵夫和民工们。

先辈们的创业奋斗精神和奉献担当情怀将永远铭刻在古老的范公堤上，激励后人不断开拓创新、砥砺前行。

范公堤原为挡潮防洪，但却为苏中大规模围海造田首开先河,成为苏中成为鱼米之乡的起始。清末状元南通张謇,效其法在范公堤外实施围海工程,造田数百万亩,成为兴实业、垦滩涂的先驱。新中国成立以后,南通和盐城人又实施了一次次围垦工程,造出了"海上苏东"。对苏中、苏北人而言,范公堤是一个值得骄傲的历史物证。

五

如今,古老的范公堤不少段面已被修成公路。或许是雨水充足的缘故,或许是阳光和煦的缘故,大堤上那沾满晶莹剔透露珠的绿草、花卉,那绽放在枝头的各色花朵,那莽莽苍苍的蜿蜒曲折的林带,显得格外茂盛,格外葱茏,给古堤增添了壮丽迷人的色彩。历代文人墨客为"范公堤"留下不少诗篇,清人吴宗元有诗云:"捍海功成百代崇,蛇龙逼薮尽耕农。当年不应临川笔,到此惟应说范公。"清代如人皋吴恺赋的一首《捍海堤》诗:"长堤一道走蜿蜒,保障东南八百年。海国资生自古富,相臣忧患在人先。鱼龙寂寞三秋夜,蜃蛤喧阗万灶烟。试望平原当落日,彩虹驭气接遥天。"诗歌表明了当地人民对先后修筑"捍海堰""范公堤"的李承实、范仲淹、张纶、胡令仪等功臣们的赞誉。

1021—2021 年,正好是 1000 年。范公堤——这座古人在 1000 年前留下的文化遗址,成为点燃黄海文明之火的高地。随着苏中、苏北经济的腾飞,随着江苏的沿海大开发的打造,范公堤越来越彰显其历史地位和文化品位。

我在雨中沿着范公堤缓步前行,耳畔响着林带的呼呼声,仿佛听到当年范仲淹公修筑海堤的风云之声。

到如东来看海

如东的海当然不能跟上海、香港比，它没有大城市的繁华、喧嚣；也不能与青岛、深圳等海滨城市比，没有那如潮的人流和鼎沸的人声，并且，如东海域的海底是泥沙，在海浪冲刷下，形成混浊的水质，常常是"浊"浪滔天，不似南海海底是砂子，无论海水怎样冲刷，海面照样一望无际的湛蓝。

到如东看海，唯其一个好处，这里安静，可以静下心来看、读、念。

如东地处南黄海边，一个县就拥有106公里长的海岸线，这在全国是不多见的，当然，临海也曾经是如东人贫穷的原因。因为近海，便成了交通的末梢，外面的物资运不进来，里面的货送不出去。它束缚了人们的手脚，限制了这里的发展，常言说"靠山吃山，靠水吃水"，靠海的地方自然就只能做"海"文章。

唐朝初年，李承实奉命在南黄海岸边筑捍海堤，国清寺便带着人们对太平盛世的期盼应运而建。如东国清寺地处县城掘港，建成于唐朝宗宪年代，建寺和尚行满系浙江天台山国清寺第十代祖师，因此，如东国清寺和天台山的国清寺同名，造型也是一个模式。行满法师在建寺时，留下了"寺若成，国即清"的承诺，这座在历史长河中跌宕起伏千年的古刹，一直肩负着守护如东清平世界的使命。

宋代，因海水泛滥成灾，宋相范仲淹在唐捍海堤基础上修筑新堤，著名的"范公堤"成为如东的一座精神丰碑。

如东境内的古镇丰利文园，为前清三十六大名园之一，"扬州八怪"中先后有四位名士客居这里，郑板桥在丰利文园一住就是月余，并留下著名的"白菜青盐粯子饭，瓦壶天水菊花茶"联语。清代著名学者钱泳在《履园丛话》中写下："两园分鹤径，一水跨虹梁。地僻楼台近，春深草木香。桃花潭上坐，留我醉壶觞。曲阁飞红雨，闲门漾碧流，使君无量福，乐此复何求？"描述了当年的文园风韵。

栟茶是如东县的又一古镇，清代四大文字狱之一的一柱楼案就发生在这里。前清举人徐述夔，不人云亦云，在人生逆境时写下独辟蹊径风骨凛凛的诗章，成就了一块不可忽视的精神高地。

如东县是革命老区，红十四军在这里诞生（时如东与如皋为一个县），抗日战争时期，这里的海防团御敌抗敌神出鬼没，传奇人物孙二富令日寇闻风丧胆，后来，海防团成为中国人民海军的班底之一。

一个世纪前，如东的海边还是一片沙滩，潮涨时，一望无际的滩涂被淹没水下，落潮的时候，滩涂现出，成为一片水汪汪的沙滩。无边的滩涂因盐碱含量高，连盐蒿也不长，就是在这个时候，清末状元、南通著名实业家张謇先生发现了这块土地上的潜力，他亲临实地勘察，在如东的黄海边上办起了"大豫垦殖公司"，成为如东海域垦殖发展的先驱。一个多世纪以来，经过如东数代人的努力，特别是新中国成立以后，如东县先后进行过20

多次大规模的围海造田活动，新筑海堤长度近 200 公里，新增工农业生产用地 60 余万亩，当年，数万人挑泥围垦的场面至今仍在感动激励着无数后人。20 世纪 90 年代以后，如东人又举一县之力，开始了漫长的港口开发之路，终至成就了今天的国家级深水大港——洋口港。

今天的洋口港已经颇具气象，沟通阳光岛与陆地 12.6 公里长的黄海大桥，如一道彩虹飞架海上。在洋口港阳光岛展馆的沙盘模型上，一幅幅规划图景，正在有条不紊地一一实施建成。世人尽知的西气东输、"一带一路"中"一带"的能源，在此间转换，登陆上岸，服务于长三角，洋口港的前途不可估量。

在临近港口的滩涂上，近几年来，出现了上千台风力发电机，这些发电机日夜不停地迎风转动。资料表明，如东全县已建成风电场 11 个，风电装机总容量 500 多万千瓦，年发电量达 40 多亿千瓦。而且，风电场的建设仍在继续向近海挺进。

如东的海离不开海味，因为南黄海在这里与长江交汇，于是，如东的黄海水质奇特，孕育出许多具有特色的海产品，如东文蛤有"天下第一鲜"美名，如东白煨竹蛏享誉国内外，如东的梭子蟹、泥螺、西施舌等，均是名优产品。

到如东看海，看海只是一个方面，与大海亲近，感受南黄海一望无际的辽阔，欣赏林立于海边的风力发电机巨大风车的风情，观看连接太阳岛长虹般的黄海大桥；当然，必是要走一走实业家先驱张謇先生的垦殖公司，感受先贤的艰苦创业之路；走一走宋相范仲淹带领民工修筑起来的范公堤，领悟为民造福者的心声；听一听国清寺内松柏的吟风号声，听一听栟茶古镇一柱楼故事；玩味今古，欣赏一道道文化盛宴……走走，看看，听听，可以发现如东人改造自然的拼搏足迹，观赏一个个奇观，当然，更要品味一下如东的海鲜产品，享受舌尖上的美味。

如东的海，是一片富有内涵的海，更是一片充满生机与活力的海。

随着洋口港的通航和再开发，如东"点睛洋口、沸腾中国"的梦想正在逐一实现，如东的海也越来越有看头。